Der Kommentartist

Emma Liz Brook

Gewidmet meinem Vatti (dem einzig wahren Kommentartisten)

Und meiner Mutti

© Emma Liz Brook

Verlag: BoD · Books on Demand GmbH,

Überseering 33, 22297 Hamburg,

bod@bod.de

Druck: Libri Plureos GmbH,

Friedensallee 273, 22763 Hamburg

ISBN: 978-3-7693-6707-2

AF210887

Vorwort

Die Inhalte dieses Werkes sind frei erfunden und dienen lediglich der Unterhaltung sowie der Veranschaulichung und der kritischen Auseinandersetzung mit den aufgeführten Themen. Denn jeder kennt sie – die Menschen, die mit abfälligen Kommentaren über den Körper, Beruf und co den Seelenfrieden stören. Falls du, liebe/r Lesende, kommentiert wurdest oder selbst andere kommentierst, dann ist dieses Werk genau das Richtige für dich.

Die rein fiktionalen Texte sind keinesfalls für den psychotherapeutischen Kontext gedacht und die psychische Störung „Kommentartismus" ist nicht in den ICD-10 Klassifikationen der WHO aufgeführt. Der Leser ist für sein Lesen selbst verantwortlich. Und findet sich vielleicht sogar selbst wieder...

Kapitelübersicht

1- Kommentartismus

Kommentartismus, der

Kom | men | tar | tis | mus

Substantiv, Maskulin

Bezeichnet eine angeborene, extrapyramidal-verbale, hyperkinetische Störung des Sozialverhaltens, dessen Primärsymptom, der Kommentierzwang, von diversen Sekundärerscheinungen, wie einem erhöhten Aggressionspotenzial, begleitet wird.

2 – Die Diagnose

Joe-Gee, unser Kommentartist, saß im Wartezimmer seiner Hausarztpraxis. Er war sich seiner Störung zu jenem Zeitpunkt nicht bewusst – zumal er die Symptomatik als Teil seiner Persönlichkeit abtat – üblich für einen Kommentartisten. Die Diagnose wurde für gewöhnlich erst dann gestellt, wenn Betroffene aufgrund psychosomatischer Beschwerden einen Arzt konsultierten – so war es auch bei Joe-Gee der Fall.

Das Herz des 63-Jährigen machte zunehmend Probleme. In dem einen Moment polterte und raste es in seiner Brust, als wolle es jeden Augenblick wie Lava aus einem Vulkan „herauseruptieren". In dem anderen schlug es so kraftlos und unregelmäßig, dass Joe-Gee fürchtete, es wolle seinen Dienst auf ewig verweigern. Den Chefingenieur der Firma „Structura Solutions" plagten zu allem Überfluss stechende und drückende Schmerzen im Bereich seiner linken Brust , als hätte ihm jemand ein stumpfes Messer in das schwache Herz gerammt.

Seine acht Jahre jüngere Frau Isolde hatte große Überzeugungsarbeit leisten müssen, damit sich ihr sturer Ehemann überhaupt einer Untersuchung unterzog. Nach seinem letzten Arztbesuch, 10 Jahre ist´s her gewesen, hatte er sich geschworen „so einen zeitfressenden Blödsinn" zu unterlassen. „Ich bin gesund. Und so wird es auch immer sein. Punkt. Aus. Ende", hörte Joe-Gee in Gedanken sein jüngeres Selbst sprechen.

Für gewöhnlich hielt er nichts von den Worten seiner Frau. Sie war ihm ein lästiges Anhängsel geworden. Nach 30 Jahren Ehe war die einst kräftig blühende Liebesrose verwelkt. Die Beziehung ließ sich mit Rauchpartikeln vergleichen, die nach dem Erlöschen eines großen Feuers in der Luft blieben. Der Geruch des längst Erloschenen erinnerte an die einst brennende, heiße Glut. Die gemeinsamen Erinnerungen, ein Eheversprechen und eine 23-Jährige Tochter waren das

Einzige, das die Meyers noch aneinander banden.

Doch diesmal ließ ihn Isoldes Flehen nicht kalt. Die Beschwerden raubten ihm den Schlaf. Er fürchtete sich vor einem möglichen Herzversagen.

Eines düsteren Märzabends hatte sich Joe-Gee nicht mehr anders zu helfen gewusst, er hatte mit seinen tapsigen Fingern die Suchmaschine bedient und Doktor Google zu seinen Symptomen befragt. Myokardinfarkt, Herzinsuffizienz, Perikarditis, Aortendissektion. In seinem Alter konnte es vieles sein. Mit der wahrhaftigen Ursache seines Leidens hatte er wirklich nicht gerechnet.

Nun saß er dort auf dem ungemütlichen, weißen Plastikstuhl, dessen Sitz mit einem orange-gelben, flachen Sitzkissen überzogen war und starrte in die leeren Gesichter der Mitwartenden. Trostlose Blicke, herunterhängende Köpfe und kühle Mienen. Joe-Gee spürte den „Schenken Sie der Welt ein Lächeln und die Welt lächelt Ihnen zurück"-Kommentar in sich aufkommen.

Doch die Frau zu seiner Rechten, eine um die 80-jährige Rentnerin mit kurzem, stoppeligem, grau-rotem Haar und blasser Haut, zog die Aufmerksamkeit des Kommentartisten auf sich. Sie nieste und schniefte in ihr Taschentuch. Die Seniorin schnäuzte sich die Nase und ihr entnervter Blick wanderte zu Joe-Gee. Dieser grinste mit seinen unechten, perlenweißen Zähnen spöttisch drein. „Meine Güte, Sie schnaufen ja wie ein Walross", lachte er. „Tee trinken hilft. Ein bisschen Sport würde Ihnen zugegebenermaßen auch nicht schaden", er musterte ihren leicht korpulenten Körperbau. „Und bleiben Sie im Bett. Dieser Raum ist ein Seuchenbad. Voller Viren und Bakterien. Die weißen Wände und Stühle und der Gestank nach Desinfektionsmittel – das nennt sich Vorgaukelei. Ich sag´s wie´s is: Geht man zum Arzt, kommt man kränker raus als man gekommen ist", kommentierte Joe-Gee, ohne eine Atempause einzulegen. In ihm pochte und schmerzte es, er griff sich mit der Hand an die linke Brust.

Dass sein Opfer unter einer ausgeprägten Latrophobie, einer Arztangst litt, wusste er nicht. Dörte hatte sich zu dem jährlichen Gesundheits-Check-Up in die Praxis begeben. Sie schob die Routineuntersuchung bereits 6 Jahre vor sich her.

„Dieser Raum", Joe-Gee erhob sich von seinem Stuhl, wie ein König von seinem Thron, und atmete schwer. Der Kommentierdrang hatte ihn fest im Griff. Alle Aufmerksamkeit war nun auf ihn gerichtet. Verdutzte Gesichter musterten den wütigen Mann. Einige schienen belustigt zu sein, andere verstört. „Dieser Raum sollte grün gestrichen werden. Nicht in so einem fröhlichen Sommerwiesengrünton, sondern in einem schleimigen, fiesen Virengrün. Und anstelle der grässlichen Kinderbilder, die dort drüben in der Ecke kleben, sollten Mikrokopien der Krankheitserreger als Dekoration hängen".

Joe-Gee hätte seinen Vortrag liebend gerne fortgeführt, doch die zarte Stimme der freundlichen Arzthelferin brachte ihn aus dem Konzept. „Herr Meyer, kommen Sie bitte? Der Doktor Lother erwartet Sie". „Wurde ja auch mal Zeit. Ich warte schon 20 Minuten", Joe-Gee folgte dem Aufruf und verließ das Zimmer. „Schämen Sie sich nicht?", rief ihm eine kraftlose Stimme nach. Nein – ein Kommentartist empfand für seine dranghaften Äußerungen keine Scham, keine Reue, keine Schuld.

Doktor Lother lauschte den unregelmäßigen Herztönen seines Patienten. Das Stethoskop schlängelte sich wie ein unheilbringendes Schlangengetier über Joe-Gees nackten, ausgeprägtbehaarten Oberkörper. Nach einer ausführlichen, 20-minütigen Anamnese und einer primären Herzuntersuchung schilderte Professor Doktor Lother seine Verdachtsdiagnose. „Herr Meyer" begann er, wohlwissend dass seine Worte keinen Anklang finden würden. „Ich möchte Ihnen nicht zu nahe treten. Aber als Arzt und Mensch ist es meine Pflicht, Sie darauf aufmerksam zu machen, dass Ihre Symptomatik wohlmöglich psychosomatischer Natur ist". „Bitte was?!", Joe-Gee lachte laut auf, während er in sich gekehrt den Kopf schüttelte. „Das ist eine Frechheit, mir zu unterstellen, ich hätte psychische Probleme. Bei mir ist alles richtig im Kopf. Aber bei Ihnen, bei Ihnen Herr Professor Doktor…". Der 70-jährige Arzt mit 45-jähriger Berufserfahrung unterbrach Joe-Gee, der sich so sehr in Rage geredet hatte, dass sein Gesicht ganz rot angelaufen war. „Der Vorfall im Wartezimmer…ich habe Sie bis in den Behandlungsraum gehört". „Ich sage nur die Wahrheit, das was gesagt werden muss", rechtfertigte sich Joe-Gee. „Wissen Sie", fuhr Doktor Lother fort und legte eine Atempause ein. Einen Moment lang schwiegen sie. Der laute und kraftvolle Atem des Arztes und ein Kind, das im Wartebereich plärrte, waren die einzigen Störenfriede. Schließlich ergriff Joe-Gee das Wort. Er hielt nichts von stillen Momenten.

„Wissen Sie", er setzte seine Betonung gezielt auf das Personalpronomen und zog es geradezu in die Länge. „wie sehr mir diese Sprechpausen von Ärzten auf den Keks gehen?", beendete er seine rhetorische Frage. Seine Stimme klang am Ende ganz piepsig, weil er das Atmen vergaß. „Ich wette, es gibt sogar Seminare, die sich mit dem Thema: „Wie versunsichere ich meine Patienten durch mein Schweigen am besten" auseinandersetzen. Sagen Sie mir, ist es die Lieblingsbeschäftigung eines Arztes, die Kranken mit Sprechpausen und lautem Atmen in den Wahnsinn zu treiben? Es gefällt Ihnen – ja, so muss es sein – die Angst in ihren glasigen Augen und blassen Gesichtern zu sehen. Obendrein lieben Sie es offenbar, die wertvolle Zeit Ihrer Patienten zu stehlen. Also sagen Sie schon – nicht, dass meine Symptome psychisch bedingt sind, denn das ist kompletter Quatsch, sondern", er legte eine kurze Sprechpause ein, um Luft zu schnappen, bevor er die Frage aller Fragen stellte. „Wie lange habe ich noch zu leben?".

Dem sonst redefreudigen und standfesten Arzt fehlten einen Augenblick lang die Worte. „Höchstens ein Jahr, sofern Sie die Ursache Ihrer Beschwerden unbehandelt lassen und die Augen vor der Wahrheit verschließen", entfuhr es Doktor Lother. Seine Stimme war mit einem Mal kalt und scharf. Damit hatte er die volle Aufmerksamkeit des Kommentartisten. „Sie leiden unter einer Herzrhythmusstörung mit ausgeprägten Tachykardien. Untherapiert kann dies wiederum zu einem Herzinfarkt und einem Herzversagen führen. Ich werde Ihnen Betablocker verschreiben. Nichts desto trotz würde ich Ihnen eine Psychotherapie empfehlen", Joe-Gee rollte die Augen, doch der Doktor ließ nicht ab. „Ich kenne Sie nun schon lange, Herr Meyer – lange genug, auch wenn Sie 10 Jahre nicht in meiner Praxis erschienen sind. Ihre Verhaltensauffälligkeiten in Kombination mit den Herzbeschwerden lassen mich auf eine äußerst selten diagnostizierte Störung schließen. Letzten Juni, da habe ich an einem Seminar zu eben jener Thematik teilgenommen und wissen Sie, an wen ich instinktiv denken musste? An Sie, Herr Meyer. Meiner fachmännischen Einschätzung nach zu urteilen leiden Sie", er setzte das „leiden" in Gänsefüßchen, „unter einer sogenannten kommentaristischen Störung, auch Kommentartismus genannt" – Joe Gee prustete los. So etwas Lächerliches hatte er nie zuvor gehört. „Das Hauptkriterium, der Kommentierdrang, lässt sich durchaus bei Ihnen wiederfinden. Es handelt sich um eine angeborene, hyperkinetische Störung des Sozialverhaltens. Der Kommentartismus ist nicht heilbar, aber therapierbar. Die Symptome der Störung können behandelt werden, sofern der Patient, also Sie, zur Mitarbeit gewillt ist. Körperliche Begleiterscheinungen der Störung, wozu Herzbeschwerden, Schlafstörungen, Kurzatmigkeit und Zitteranfälle zählen, lassen sich durch eine psychotherapeutische Behandlung ebenfalls reduzieren. Möchten Sie sterben, Herr Meyer? Wenn nicht, würde ich Ihnen ans Herz legen, sich an eine Spezialistin zu wenden", Doktor Lother überreichte dem nun verdutzt drein blickenden Kommentartisten eine Visitenkarte. Joe-Gee musterte das Kärtchen. Name, Anschrift und Telefonnummer einer „Psychotante", wie er „solche" Menschen früher genannt hätte. Was sollte er damit bloß anfangen? Verbrennen, verlieren, vergraben? Egal, Hauptsache das Papierstück gelangte schnellstmöglich aus seinem Sichtfeld. Er steckte es vorerst in seine Hosentasche.

Tief im Inneren glaubte Doktor Lother nicht an eine störungsspezifische Besserung. Der Kommentartismus war zwar therapierbar, doch die Erfolgsquoten solcher Therapien fielen sehr gering aus. Was zu großen Teilen der Tatsache geschuldet war, dass die Störung erst im späten Erwachsenenalter diagnostiziert wurde, sich Verhaltensweisen und Denkprozesse jedoch bereits im Kindesalter manifestiert hatten. Hinzu kam, dass sich überhaupt nur 7% aller Kommentartisten einer Therapie unterzogen.

„Wieso sollte ich meine wertvolle Zeit an eine Therapie verschwenden? Ich bin nicht gestört. Ich bin glücklich, habe mein Leben im Griff und ich bin Chefingenieur. Da wo Sie eine Störung sehen, da sehe ich eine starke Persönlichkeit. Und wenn Ihnen das nicht passt, dann ist das Ihr Problem, aber verdammt nochmal nicht meins", Joe-Gee war sichtlich verärgert. Die Nasenflügel des 63-Jährigen vibrierten, er fuhr die Stimme hoch.

„Offenbar schaden die durch die Störung ausgelösten Aggressionen Ihrer Gesundheit. Die Betablocker werden zwar ihren Soll erfüllen, doch wenn Sie nicht grundsätzlich etwas in Ihrem Leben verändern, nun ja, dann werden Sie weder Chefingenieur, noch glücklicher Mann bleiben können. Dann sind Sie nämlich tot. Und denken Sie mal an Ihr Umfeld. Stoßen Sie oft auf Gegenwind, oder Menschen nehmen Abstand von Ihnen? Höchstwahrscheinlich leiden viele Unschuldige unter Ihrem Verhalten". Mit dem ersten Teil seines Geredes hatte der Doktor ins Schwarze getroffen. Doch

Letzteres war der Tropfen, der das Fass zum Überlaufen gebracht hatte. „Mein Umfeld leidet nicht", schrie Joe-Gee, dessen Sicherung nun endgültig durchgebrannt war. Er schmiss wutentbrannt den Arztstuhl um, verließ das Zimmer und stürmte aus der Arztpraxis. Impulsivität war ein Symptom seiner Erkrankung. Wie ein wild gewordenes Tier stand er dort — keuchend, zitternd, schnaubend.

Nach einer Weile des Erstarrtseins und Momenten der Frustration, bewegte sich Joe-Gee maschinenartig zu seinem, vor der Praxis geparkten Auto. Und während er Abstand zwischen sich und diesem unheilvollen Ort brachte, lauerte in seiner blauen Jeanshosentasche die Visitenkarte, die er doch schon längst hatte entsorgen wollen.

3 - Abendspaziergänge

2 Wochen später...

Unsere Geschichte, eine über Leid, Verrat, Liebe und vieles mehr, hätte ein jähes Ende gefunden, hätte Joe-Gee die Visitenkarte „verloren gehen lassen". Doch wie das Schicksal es wollte, hatte unser zerstreuter Kommentartist das Kärtchen weder verloren noch vergraben oder verbrannt – er hatte es schlichtweg vergessen. Oder besser gesagt: verdrängt. Zwei Wochen nach dem Arztbesuch schlenderte Joe-Gee, dessen Herzbeschwerden sich in der Zwischenzeit nicht gebessert hatten, die Dorf-Wege entlang. Isolde und Joe-Gee Meyer lebten in einer ländlichen, bayrischen Gemeinde, die den Namen Hausen trug. 2224 Einwohner – mehr zog es nicht ins „Irgendwo im Nirgendwo".

Zu Joe-Gees großem Bedauern bewohnten die Meyers keine Wohnung in der 10 Kilometer entfernten Innenstadt. Kleinwallstadt war zwar – wie der Name schon andeutete – klein, aber dafür immerhin noch stärker bevölkert als Hausen. Wenn jemand das bloße Wort „Dorf" in den Mund nahm, standen dem Kommentartisten alle Haare zu Berge. Ein Kommentartist, der kaum einer Menschenseele begegnete, konnte schlecht kommentieren, trug aber unentwegt den Kommentierdruck in sich. Ein durchaus grässliches Gefühl – einengend, schmerzhaft, luftabschnürend.

Isoldes Eltern hatten ihrer einzigen Erbin ein teures Anwesen auf dem Land vermacht. Sie wollte es nicht aufgeben. Es war ihr eine kostbare Erinnerung an die geliebte Familie und an wohlbehütete Kindheitstage. Joe-Gee, der damals alles für seine Frau getan hätte, zog mit Isolde auf's Land.

Ganz früher, bevor der damals 25-jährige Joe-Gee sein Herzblatt in einem Stadtcafé kennengelernt hatte, war er ein halbwegs angesehener Student gewesen, der an der Universität   Regensburg Ingenieurswissenschaften studierte.

Er war ein Stadtmensch – mit Leib und Seele. Er liebte es direkt im Geschehen zu sein, dort wo sich die Menschen tummelten. Was andere als Gestank und Lärm abtaten, das war Joe-Gees Lieblingsduft und sein Lieblingslied. Er war ein Stadtmensch – ein Stadtmensch der auf einem Dorf „Irgendwo im Nirgendwo" lebte, oder besser gesagt: verkümmerte.

In Hausen traf der Kommentartist kaum Menschen an. Natürlich nutzte er dennoch jede Gelegenheit, die sich ihm bot. Bei abendlichen Spaziergängen lief ihm das ein oder andere Opfer über den Weg. Nichts übertraf das rege Treiben auf dem Marktplatz in der Stadt – doch gegen den Kommentierdruck taten es nicht zuletzt auch die Dorfbewohner.

An jenem verhängnisvollen Abend kam ihm bei dem Spaziergang ein junges Pärchen entgegen. Zwei frisch Verliebte – er hielt ihre Hand, der sanfte Gegenwind strich ihr das Haar aus dem Gesicht. Joe-Gee musste an Isolde denken. Damals gingen sie auf dieselbe liebende Art und

Weise die Wege entlang. „Hallo", grüßte Joe-Gee freundlich. Doch das Pärchen würdigte den Kommentartisten keines Blickes. Das war der Trigger, der Auslöser, den es gebraucht hatte. Der Schalter in seinem Kopf hatte sich umgelegt. Es fühlte sich an, als durchfahre ihn ein Stromschlag, etwa in der Intensität eines schwachen Elektrozaunes. Der Reiz schlich sich durch sein Gehirn. Er konnte ihn spüren – den Kommentierdrang. Es war vergleichbar mit dem Gefühl, das man unmittelbar vor dem Niesen verspürte. Es nahm den ganzen Körper ein. Joe-Gee spürte den Druck in seiner Lunge, die Worte wollten aus ihm heraus. Wie ein schleimiger Käfer krabbelten sie seinen Hals hinauf und brachten ihn zum Würgen. „Sie haben wohl Ihr Mundwerk verloren. Das Sprechen haben sie wohl verlernt", der Mann verzog die Miene. Joe-Gees Blick ähnelte nunmehr dem eines wütigen Hundes, der kurz davor war die Reißzähne zu fletschen.

„Sie haben ja Pech gehabt", gluckste Joe-Gee und wandte sich der Frau zu, die ihren Freund zum Weitergehen bewegen wollte. „Meine Güte, wie können Sie Ihren Partner überhaupt ertragen? Der zieht ja nicht nur eine Flunsch wie drei Tage Unwetter, sondern stinkt obendrein noch bestialisch nach Rasierschaumwasser. Ich bin froh, dass ich nicht einer dieser Möchtegernmänner bin". Für gewöhnlich ignorierte sein Umfeld die abfälligen Bemerkungen. Joe-Gee hatte also nicht damit gerechnet ein „Ich poliere dir gleich die Fresse, du Idiot", von seinem Gegenüber zu vernehmen. „Dann schaust du noch schlimmer drein als ich. Und weißt du was" – er fuhr sich mit der Zunge über den Mund – „dann brauchst du meinen Gestank gar nicht mehr zu ertragen. Weil alles, was du riechen und schmecken wirst, nämlich bloß noch eines sein wird – Blut. Metallisch schmeckendes, warmes, rotes Blut. Na, wie klingt das für dich?". Er näherte sich Joe-Gee, während dieser wiederum nach hinten wich.

Joe-Gee kannte den Geschmack von Blut nur zu gut. In Jugendtagen war er ein getreuer Begleiter gewesen. Seine „offene Art", so wie er es gern nannte, hatte oftmals angeeckt und zu Konflikten geführt.

Damals hatte Joe-Gee allerdings in einer einflussreichen und gefürchteten Jungs-Gruppe Fuß fassen können. Die „Mean Kidos", wie sich die Freundestruppe selbst benannt hatte, bewunderten den damals 14-Jährigen für seinen Mut, denn er nahm wahrlich kein Blatt vor den Mund. Nach dem Bestehen seiner Gruppenaufnahmeprüfung – über dessen Ablauf wir nun besser schweigen – hatten die fünf Jungen ihn vor Schlägen geschützt. Im Gegenzug half Joe-Gee dabei, die Außenseiter, darunter zählte jeder, der nicht zu den „Mean Kidos" zählte, kleinzuhalten. Dazu brauchte es in der Regel nicht mehr als ein paar abfällige Kommentare.

Auch Joe-Gees Gruppe war vor seinen Kommentaren nie sicher gewesen, wenn er sie auch weniger oft als die vermeintlichen Außenseiter kommentierte. Doch es hatte sie nie sonderlich gestört – Julius, Jan, Jon, Jack und Jacob hatten über die Kommentare geschmunzelt, die in der Regel sogar zutreffend waren.   Joe-Gee war eben ehrlich.

Seine letzte Prügelei lag 45 Jahre zurück. Die Kinder von damals waren erwachsen geworden. Jeder wusste, dass Gewalt keine Lösung war – zumindest ein Drittel.

Doch ab und zu fand sich Joe-Gee auch heute   noch   in   brenzligen Konfliktsituationen wieder, so auch am gegenwärtigen Tag.

Erst taumelte Joe-Gee, dann rannte er. Unser Kommentartist besaß zwar ein loses Mundwerk, doch in der körperlichen Selbstverteidigung sah er seine Stärke nicht. Das Szenario erinnerte an eine Wespe, die ihrem Opfer trotz dessen verzweifelten Wegrennens hinterher flog. Doch Joe-Gee hatte Glück, die Wespe ließ bereits nach einigen Metern von ihm ab und wandte sich seiner Wespenkönigin zu.

Joe-Gee griff in seine Hosentasche, das tat er   immer,   wenn   er   sich   in   einer

Stresssituation befand. Wie das Schicksal es wollte, griff er ausgerechnet in die Hosentasche, in der sich das kleine, unauffällige Visitenkärtchen befand. In einem Moment der Erkenntnis zog er es aus der Tasche heraus. Die Frage des Arztes stieg ihm in den Kopf. „Ecken Sie oft aufgrund Ihres Verhaltens an?", die Worte hallten in Joe-Gees Schädel, wie ein Echo in einem Tunnel. Das Kärtchen war durchgewaschen. Er hatte die Hose nach dem Arztbesuch in die Wäsche geschmissen. Doch die kleinen Druckbuchstaben waren immer noch deutlich erkennbar.

Julia Gorlem
gorlem@verhaltenstherapeutin.com

63839 Kleinwallstadt

Ostendstraße 27

Wie in Trance tippte er die Telefonziffern in sein Smartphone ein. Nach einem langen, schrillen Tuten nahm eine kratzige Stimme den Hörer ab.

„Sie sprechen mit Frau Gorlem, was kann ich für Sie tun?"

„Ich würde gerne einen Termin vereinbaren, Joe-Gee Meyer mein Name. Der Professor Doktor Lother hat bei mir einen Kommentartismus diagnostiziert."

„Nächste Woche Dienstag, 13 Uhr, würde Ihnen das passen?"

„Ja, alles klar. Bis Dienstag".

4 Ann-Mary Meyer

Ann-Mary hatte die letzten drei Univorlesungen sausen lassen. Ein Dilemma zerrte an den Nerven der 23 Jahre jungen Jurastudentin. Es raubte ihr die Energie. Es raubte ihr den Schlaf. Es raubte ihr die Unschuld.

Dilemmata schienen so einfach lösbar – damals im Werte und Normen Grundkurs. Person A hatte bloß nach Kants kategorischem Imperativ handeln müssen. Die Antwort auf die Frage nach dem richtigen und guten Handeln ergab sich aus der Anwendung philosophischer Grundsätze, Pflichtethiken oder dem Utilitarismus. Dilemmata schienen so einfach lösbar, solange es nicht die eigenen waren.

Ann-Mary wünschte sich die Dinge rational und sachlich betrachten zu können – als Außenstehende. Doch das würde ihr wohl nie gelingen. Sie sah sich als Teil des Problems.

Ihre gute Freundin Alexia Jen aka Lexi, hatte sie auf einen Verein aufmerksam gemacht. Lexi wusste um Ann-Marys Expartner, einen launischen, aggressiven Mann, der Ann-Mary immerzu mit hemmungslosen Kommentaren heruntergeputzt hatte, Bescheid. Es waren nicht die Art Scherzkommentare gewesen, die einem ein Lächeln oder Lachen auf das Gesicht zauberten. Seine Kommentare verletzten Ann-Mary tief.

Trotz der drei Jahre zurückliegenden Trennung, lasteten seine Worte noch immer auf ihrer Seele.

Lexi, die Kommentare gleichermaßen hasste, engagierte sich in einem Verein, der sich für die Kriminalisierung böswilliger Kommentare einsetzte.

Der Antikom-Klub, initiiert durch Studenten und Studentinnen, hieß jeden Willkommen, der sich gegen gehässige und übergriffige Kommentare positionierte. Der 99-Mitglieder starke Verein organisierte Demonstrationen, rief die Petition „Not Your Business" ins Leben und verfasste Briefe an die Bundestagsabgeordneten sowie den

Bundeskanzler, um ein Gesetz zur Kriminalisierung der Kommentare durchzusetzen.

„Werde Mitglied des Antikom-Klubs – es wird dir helfen dich nicht mehr hilflos zu fühlen. Ich weiß wie sich das anfühlt, diese Machtlosigkeit, dieses Gefühl gelähmt zu sein und nichts gegen diese Ungerechtigkeit tun zu können. Aber du kannst etwas bewirken, wir können etwas bewirken. Alleine sind wir klein, aber zusammen sind wir groß. Ein Tsunami besteht auch bloß aus ganz vielen kleinen Wassermolekülen. Weißt du wie groß ein Wassertropfen ist? Winzig. Aber wenn dieser Miniwassertropfen sich mit anderen Wassertropfen zusammentut, kann er als Teil eines Tsunamis ganze Städte zerstören". Lexis Worte hatten Ann-Mary dazu bewegt, dem Antikom-Klub beizutreten. Sie wollte etwas bewirken und dem Bösen der Welt nicht tatenlos zuschauen, sondern gezielt dagegen angehen. Es hatte sich gut angefühlt und gleichzeitig hatte sie eine Schwere in sich gespürt. Eine Schwere, die wachsen und gedeihen würde. Was war es bloß? Wieso fühlte sich alles richtig und falsch an zugleich? Die Antwort hatte ihr auf der Hand gelegen. Doch sie war blind gewesen und hatte nicht hinschauen wollen. Erst als sie ihre Unterschrift auf das Vereinsmitgliedschaftsvertragspapier gesetzt hatte, erkannte sie den Grund für ihr Unbehagen. Sie war Ann-Mary Meyer. Tochter eines Mannes, der für seine humorvollen, aber auch verletzenden Kommentare bekannt war. Wie konnte ihr das bloß entfallen sein? Vielleicht war es, weil sie es verdrängt hatte. Vielleicht war es, weil sie seit 3 Jahren bloß sporadischen Kontakt zu ihrem Vater pflegte. Vielleicht war es, weil er alle anderen, aber nie seine Tochter kommentiert hatte. Oder eine Mischung aus allem.

Nun war sie Teil des Tsunamis, der ihren Vater gnadenlos überrollen würde, ihren Vater, der ihr nie etwas getan hatte.

5 Chef

Es gab verschiedene Alltagssituationen, in denen sich Joe-Gees Kommentartismus bemerkbar machte. Überwiegend traten die Kommentierausbrüche bei der Arbeit auf. Dort trieb es ihn regelrecht hin. Die Störung suchte gezielt nach kommentierbaren Menschen und die gab es bei der Arbeit wie Sand am Meer.

Arbeitskollegen erkundigten sich regelmäßig über die Rentenpläne des 63-Jährigen. Doch er hatte keine. „Herr Meyer, nehmen Sie sich doch mal eine Auszeit. Sie sind ja ganz blass", hatte man ihm erst letztens versucht einzureden. „Die sind alle auf meinen Posten neidisch. Deshalb wollen die, dass ich gehe", hatte Joe-Gee Isolde am Abendbrottisch erklärt. In Wahrheit häuften sich die Nachfragen nur deshalb, weil der Chefingenieur zwar gut in seinem Fach, aber dafür eine Null im Miteinander war. Niemand hielt seine Kommentare mehr aus.

Joe-Gee würde nicht in Rente gehen. Nicht solange er nicht in einer Kiste unter der Erde verrottete. Wen sonst sollte er kommentieren? Fremde Menschen auf der Straße oder seine Frau reichten ihm nicht aus. Und seine Tochter? Nein, bei ihr Schlug sein Kommentier Drang nicht an.

6 Kommentierrausch

Einen Tag vor der ersten Therapiesitzung...

Es war ein Montag. Die Uhr schlug 10 in der Früh und zarte, lauwarme Sonnenstrahlen drangen durch die Fensterscheiben des Chefbüros der Firma „Structura Solutions". Joe-Gee saß an seinem Schreibtisch und tippte mit den Fingern ungeduldig auf dem Eichenholzschreibtisch. Um 9:50 Uhr war ein Krisengespräch für den Bau eines Großprojektes angesetzt gewesen, das nicht Zeitplangemäß abgeschlossen werden konnte. Doch Susan Gart, die Anfang 30-jährige Projektleitung, war nirgends auffindbar. Joe-Gee beobachte obsessiv den Minuten- und Sekundenzeiger der Wanduhr. Susan hätte sich bereits um acht Uhr früh einstempeln müssen. Sie hatte offenbar verschlafen.

Er bemerkte das Öffnen und Zufallen der Eingangstür, vernahm Schritte und ein vorsichtiges Klopfen. „Herein". Susan Gart wagte sich in die Höhle des Löwen.

„Entschuldigen Sie meine Verspätung", die Projektleitung stand im Türrahmen, als beabsichtige sie, gleich wieder kehrt zu machen. Ihr rotes Haar trug sie in einem lässigen Dutt, der Schlaf hing ihr in den Augen. Die sonst ordentlich gekleidete Dame hatte sich am gegenwärtigen Tag bloß eine blaue Jogginghose und einen Pullover übergeworfen.

In Joe-Gees Inneren entzündeten sich Feuerwerkskörper.Bunt, laut und unübersichtlich. Sein Kommentartismus wusste gar nicht, mit welchem Kommentar er beginnen sollte. „Aber hallo Frau Gart, sie sehen ja aus, als hätten sie den Kampf gegen den Wecker heute verloren. Haben Sie denn völlig die Kontrolle über ihr Leben verloren? Wie sehen Sie denn aus?". Susan ging nicht auf die Worte des Kommentartisten ein. Sie wusste ohnehin, dass es noch schlimmer werden würde. „Wissen Sie wofür das Z in Ihrem Namen steht? Zuverlässigkeit. Ach ja, Sie haben ja gar kein Z in Ihrem Namen". „Wissen Sie", begann Frau Gart, doch der wütige Mann, der sich wild gestikulierend vor ihr aufrichtete, ließ sie nicht sprechen. „Sie sind wie der April, der macht auch was er will". Joe-Gee konnte sich nicht mehr zügeln. Es war ein unbeschreiblich gutes Gefühl, die Worte aus ihrem Käfig, seinem Mund, zu befreien. „Und lächeln Sie mal, solange Sie noch Zähne haben". „Wissen Sie, weshalb ich erst jetzt hier aufkreuze?", diesmal kam sie ihm mit der Antwort zuvor. „Ich habe verschlafen, weil ich komplett überarbeitet bin. Ich werde ausgenutzt und bekomme viel zu wenig Anerkennung und Lohn. Und Ihre scheiß Kommentare muss ich mir auch noch täglich anhören", brach es aus der Frau heraus. „Wissen Sie: Man kann niemanden ausnutzen der nutzlos ist", Joe-Gee war nun endgültig seinem kommentartistischen Wahn verfallen. Er nahm nicht wahr, dass die sonst taffe Susan Gart den Tränen nahe war. „Und regen Sie sich nicht so auf, Sie haben schon genug Falten", kommentierte er unaufhörlich. Dabei hatte der 63-Jährige mehr Falten als irgendjemand in seiner Abteilung sonst. Sie machten sich auf seinem Gesicht und unter seinen

Augen breit. Joe-Gee benutzte eine Vielzahl an Anti-Aging Produkten. Gesichtsmasken, Cremes, selbst Tabletten schluckte er regelmäßig. Doch nichts half. Es störte ihn sogar so erheblich, dass er sein Geld fleißig für eine Botox Behandlung sparte.

„Ich kündige. Hier haben Sie die ausgearbeiteten Unterlagen zu dem Großprojekt. Herr Meyer, Sie tragen nun die Verantwortung. Ich bin raus". Sie klatschte einen Batzen Papiere, inklusive ihrer Kündigung auf den Tisch des Chefingenieurs und verabschiedete sich mit den Worten „Das hätte ich schon viel früher tun sollen". Joe-Gee war sprachlos. Das zweite Mal innerhalb eines Monats waren dem Kommentartisten die Worte ausgegangen. Störungsbedingt verstand er das Verhalten der ehemaligen Projektleiterin nicht. Es war ihm ein Rätsel, warum seine „ehrliche Art" aneckte. Ihm war nicht bewusst, dass er die Frau mit seinen ständigen Bemerkungen über ihr Aussehen und ihre schlechte Arbeit vergrault hatte. Es würde ihn schließlich selbst nicht stören, wenn man ihn kommentierte. So war es für Kommentartisten üblich.

F9 Hyperkinetische Störungen

F90 hyperkinetische Störungen

> F90.8 andere hyperkinetische Störungen
> .80 Kommentartismus

F90.80 Kommentartismus

Bezeichnet eine Störung des Sozialverhaltens, die durch einen Kommentierdrang, Unruhe, und aggressive Gefühlsausbrüche gekennzeichnet ist; damit verbunden sind psychosomatische Beschwerden (Herzrhythmusstörungen, Magengeschwüre, Kopfschmerzen). Es können Schlafstörungen (G47) auftreten.

Dazugehörige Begriffe:

- Kommentartistische Persönlichkeitsstruktur

- Kommentartistische Störung

Ausschluss:

- Zwangsstörung (F42)
- Ticstörung (F95)

Diagnostische Kriterien

A. Die allgemeinen Kriterien für eine hyperkinetische Störung (F90) müssen erfüllt sein.

B. Mindestens vier der vorliegenden Verhaltensweisen und Symptome müssen vorliegen:

1. Kommentier-Drang
2. Ständige Auseinandersetzung mit der Umwelt
3. Hyperaktivität
4. Psychosomatische Symptomatik
5. Aggressive Verhaltensweisen und Wutausbrüche
6. Zwanghaftes Nachdenken

7. Fehlende Krankheitseinsicht
8. Mangel an Empathie

Anmerkung

Die Form der hyperkinetischen Störung lässt sich in drei Schweregrade kategorisieren – **leichtgradiger Kommentartismus,** **mittelgradiger Kommentartismus** und **schwerer Kommentartismus**. Dem Kommentartismus liegt eine genetisch bedingte Schädigung des präfrontalen Kortex zugrunde, welcher für die Impulskontrolle und den Gerechtigkeitssinn relevant ist. Die Störung ist angeboren und unheilbar, sofern sie zu spät erkannt wird. Sie manifestiert sich im Kindes-und Jugendalter, wird jedoch in der Regel erst im späten Erwachsenenalter diagnostiziert und bleibt lange unbemerkt. Durch die fehlende Krankheitseinsicht und eine frühe Verfestigung der störungsspezifischen Verhaltensweisen gestaltet sich eine Therapie als schwer machbar.

8 Gorlem

Die erste Therapiestunde...

Die psychosoziale Verhaltenstherapeutin Frau Gorlem, dessen Name mit ihrem äußeren Erscheinungsbild kohärierte, zitierte die Sätze des ICD 13's. Sie schlug den International Code of Desease, das Fachbuch zur Deklaration psychischer und psychosomatischer Störungen, mit einer ruppigen Handbewegung zu.

„Durch die fehlende Krankheitseinsicht und eine frühe Verfestigung der störungsspezifischen Verhaltensweisen gestaltet sich eine Therapie als schwer machbar. Dass ich nicht lache", ein unterschwellig provokanter Unterton begleitete ihre kratzige Raucherstimme. Sie richtete ihre hellrosa Brille. Die schulterlangen Haare fielen der 66-Jährigen wie weiße, drahtige Fäden vor das Gesicht. Das Gestrüpp verdeckte ihre Falten und Kanten. Sie lächelte scharf und verzog dabei die Mundwinkel als hätte gerade etwas Saures ihre Zunge berührt. Es war ein aggressives Lächeln – darin bestand kein Zweifel. „Wissen Sie, was ich denke?", Frau Gorlem kniff die blauen Augen zusammen. Joe-Gee, der die Hände in das schwarze, bequeme Ledersofa presste, spürte den Kommentierdrang in sich aufkommen.

„Dass ich besser gehen sollte. Ich habe keine Probleme, Sie wollen mir welche einreden", beendete er den Satz der Therapeutin. Das Kommentiergetier schlängelte sich wie ein Wurm durch Joe-Gees Innereien, durch seine Organe, durch sein Gehirn und durch seinen Hals. Bis es schließlich aus Joe-Gees Mund kroch und sich Frau Gorlem offenbarte. Sie wusste, den Kommentartismus ihrer Klienten und Klientinnen zu provozieren, um damit zu arbeiten.

„Sie sehen aus wie ein Waldschrat, der Jahrelang nicht aus dem Wald gekrochen ist. Meine Liebe, ich möchte Ihnen nicht zu nahe treten, aber Sie sind die Einzige in diesem Raum, die eine Therapie nötig hat!", entfuhr es Joe-Gee.

„Nein, das wollte ich nicht sagen. Der ICD 13 macht es sich viel zu leicht – finden Sie nicht? Und Ihnen, mein Lieber, macht er das auch". Der Kommentartist versuchte, dem intensiven Augenkontakt auszuweichen, doch vor ihren Blicken gab es kein Entrinnen. Sie waren durchdringend, egal zu welcher Ecke des 10 Quadratmeter Raumes seine Augen auch flohen, ihre durchbohrten ihn. Die Diplom Psychologin Julia Gorlem brannte für ihre Arbeit. Nicht nur das Psychologiestudium und die Weiterbildung zur Verhaltenstherapeutin, sondern auch die Erfahrungen aus zweiter Hand waren ihr in der therapeutischen Kommentartismusbehandlung eine große Hilfe. Julia hatte einen persönlichen Bezug zu der selten diagnostizierten psychischen Störung. Julias Vater Gerald Gorlem war früh einem Herzinfarkt erlegen – ausgelöst durch einen unbehandelten, schwergeradigen Kommentartismus. Die damals 22-Jährige Julia hatte sich beinahe über seinen Tod gefreut. Als Kind und Jugendliche wurde sie andauernd kommentiert. Sie war das Lieblingsopfer ihres Vaters gewesen. Kommentare zu ihrem Aussehen, Kommentare zu ihrem Verhalten, Kommentare zu ihren Leistungen und Beziehungen. Ihre Ex-Partner hatten Angst vor Gerald oder Julias Erzeuger, wie sie ihn stets zu nennen pflegte. Die Kommentare verletzten sie und schwächten ihr geringes Selbstbewusstsein. Egal was sie tat, es war falsch.

Ihr Hass auf ihn war unbändig gewesen, bis sie zwei Jahre nach seinem Tod den Weg einer Therapie wählte und erfuhr, dass dem Verhalten ihres Erzeugers eine unheilbare psychische Störung zugrunde lag. Drei Jahre darauf hatte sie erkannt, dass nicht die Kommentartisten das Objekt ihres Hasses waren, es war der Kommentartismus als Krankheit. Ramona,Julia hatte der Störung einen Namen gegeben, hatte ihr den Vater genommen. Sie durfte ihn nie kennenlernen, es gab ihn nie. Als Psychologiestudentin hatte sie den ICD 13 inhaliert und sich eingeredet, die Störung habe ihr den Vater genommen. Erst Jahre später war sie zu der Erkenntnis ihres

Lebens gekommen... „Eine Störung kann unheilbar sein und doch hat man als Mensch die Möglichkeit zu entscheiden, wie man mit dem Schicksal umgeht. Wir alle haben eine Wahl. Der ICD determiniert den Menschen auf seine Erkrankung", krächzte sie ihren Leitsatz heraus.

„Ich habe keine Erkrankung", protestierte Joe-Gee. Er war nur widerwillig gekommen, doch seine Herzbeschwerden waren schlimmer geworden und das trotz der Einnahme der Betablocker. Etwas in ihm war davon angetan, wie passioniert diese Frau ihrer Arbeit nachging. „Leiden Sie unter Herzbeschwerden, fällt es Ihnen schwer, sich zu konzentrieren, begegnen Sie im Alltag oft Konfliktsituationen? Belastet sie das zwanghafte Nachdenken?". „Nun ja", stammelte Joe-Gee. Tatsächlich trafen alle genannten Aspekte auf ihn zu. „Möchten Sie sterben? Mit 65 an einem Herzinfarkt?", fragte die Therapeutin provokant. Sie lehnte sich von ihrem Sessel nach vorne. Ihr Gesicht war nun ganz nah an seinem. „Dann lassen Sie sich besser auf eine Therapie ein! Sonst werden Sie im Sterbebett liegen und denken: Ach hätte ich mich doch die Therapie gemacht. Und Ihre Familie wird Sie als empathielosen, spießigen, griesgrämigen und unfreundlichen Mann in Erinnerung behalten, als eine lästige Störung", flüsterte sie und grinste schräg. Ihre provokante Art gefiel Joe-Gee. Frau Gorlem war nicht gezwungen höflich sondern authentisch und ehrlich. „Also gut, dann sehen wir uns nächste Woche Mittwoch um 16 Uhr und gehen das Problem an den Wurzeln an", meinte sie und geleitete Joe-Gee zur Tür. Ehe er etwas dagegen einwenden konnte, schloss sie die Tür. Das Letzte was er sah war ihr breites, provokantes Grinsen.

„Mittelgradiger Kommentartismus", schrieb die Diplompsychologin mit unsauberer Schrift in ihr Patientennotizbuch. Sie hatte schon weitaus Schlimmeres erlebt.

‚Ein Waldschrat der lange nicht den Wald verlassen hatte', Julia Gorlem musste

Schmunzeln. Sie hatte gelernt, die Kommentare ihrer Klienten nicht auf die Goldwaage zu legen. Kaum jemand konnte die abgebrühte Therapeutin mehr verletzen.

‚Ich habe Herrn Meyer wie ein Fisch an der Angel', dachte Julia stolz. Dann schloss sie das Notizbuch. Der nächste Kommentartist hämmerte bereits an der Tür.

9 Gackernde Hühner

Ann-Mary ging selten mit ihrem Vater zum Essen aus oder begleitete ihn nach Kleinwallstadt. Die Distanz seiner Tochter bedrückte Joe-Gee. Allerdings hielt er diese bloß für das Symptom des natürlichen Abnablungsprozesses. Seine Kleine war erwachsen geworden und hatte an weitaus interessanteren Dingen Interesse gefunden, so erklärte sich der Vater das Verhalten seines Einzelkindes. Dass Joe-Gees Kommentare eine Belastung für Ann-Mary und die Vater-Tochter Beziehung darstellten, war ihm nicht bewusst. Ann-Mary hatte die Thematik des Öfteren oberflächlich angesprochen. „Kommentier nicht so viel, das sind nicht deine Angelegenheiten", oder „Wie würdest du dich fühlen, wenn du ständig kommentiert werden würdest" Viele Sätze, die Ann-Mary ihrem Vater ans Herz gelegt hatte. Vielleicht hatte er einfach nicht richtig hinhören wollen.

Am gegenwärtigen Tag hatte sich trotz der Differenzen ein Treffen ereignet. Ann-Mary liebte ihren Vater, trotz seiner alles kommentierenden Art. Sie schätzte seine guten Seiten, seine Zuverlässigkeit, seine Liebe, seine meist einfühlsame Art. Die Kommentare, die seinen Mund verließen, standen im kompletten Kontrast zu dem Rest seiner Persönlichkeit. Umso betroffener und verwirrter machte es Ann-Mary, dass ihr sonst herzensguter und ehrenvoller Vater unaufhörlich Menschen mit seinen Kommentaren verletzte. Sie wusste nicht über die Störung ihres Vaters Bescheid. Sie wusste nicht, dass eine Krankheit hinter Joe-Gees Worten stand. Sie wusste nicht einmal, dass der Kommentartismus in der Psychologie überhaupt existierte.

Der Dienstagnachmittag war kühl und nebelig. Das Vater-Tochter-Duo traf sich in einem Kleinwallstädter Stadtcafé. „Ich habe nur eine Stunde Zeit", begrüßte Ann-Mary den blassen, alten und faltigen Mann. Länger als eine Stunde hielt sie seine Anwesenheit nicht aus.

Nach einem Plausch über Ann-Marys Studium, gemeinsame Erinnerungen und Joe-Gees Arbeitssituation, schwiegen beide. Sie blickten einander in die Augen. Joe-Gee öffnete seinen Mund um einen Spalt. Er wollte seiner Tochter von der Diagnose erzählen, von seiner ersten Therapiesitzung. Doch das gehörte nicht in ein Stadt-Café-Gespräch, so dachte er und schloss den Mund. Ann-Mary setzte zum Sprechen an. Sie wollte von ihrer Vereinsmitgliedschaft und dem inneren Konflikt berichten. Doch es würde ihren Vater verletzen und so schwieg sie.

Am benachbarten Tisch saß ein älteres Pärchen. Sie unterhielten sich über dieses und jenes. Den genauen Inhalt des Gespräches konnten Ann-Mary und Joe-Gee nicht verstehen, dafür war der Rest des Cafés zu laut und wuselig. Doch es schien eine lustige, unterhaltsame Konversation zu sein. Die Dame fing an zu Lachen und wippte ihren Oberkörper leicht vor und zurück, um sich zu regulieren. Ihre Lache nahm den ganzen Raum ein und übertönte die restlichen Gespräche. Es war kein gewöhnliches Lachen. Es war eher ein hohes, heiseres Gackern, das selbst Ann-Mary auflachen ließ. „Die gackert ja wie ein Huhn“, kommentierte Joe-Gee und ahmte die Laute der Dame nach. Ann-Mary hatte sich nicht mehr unter Kontrolle. Die Laute ihres Vaters brachten sie dazu, nur noch stärker zu lachen. Lachtränen rannen ihr über die Wange. Sie versuchte, ernst zu bleiben und ihrem Vater mit einem „Pssst“ zu signalisieren, dass es weder okay war Menschen zu kommentieren noch sie nachzuahmen. Doch sie lachte weiter mit, denn das, was er sagte, war die Wahrheit. Im Hintergrund gackerte die Dame lauthals weiter, wie ein heiseres Huhn.

Nachdem sie ihren Kaffee ausgetrunken und die Tortenstücke gegessen hatten, verabschiedeten sich beide voneinander. Ann-Mary machte sich auf dem Weg zu einem Vereinstreffen. Joe-Gee stattete dem Stadtmarkt noch einen Besuch ab, um seinem Kommentierdrang freien Lauf zu lassen.

Eine Schwere legte sich augenblicklich über Ann-Marys Seele, als sie das lieblose, dunkle Vereinshaus betrat. Sie erinnerte sich an eine Szene aus dem beliebten Horrorfilm „Haus des Schreckens", den sie als Jugendliche gerne geschaut hatte. Der 9-jährige Protagonist Ally hatte bei einer Wette verloren und musste das lokale, verlassene Haus betreten. Was der Junge nicht wusste: Er trug einen Dämon in sich. Das Haus war von Hexengeistern besiedelt. Ein uralter Dämonenfluch hinderte die 12 Seelen daran Frieden zu finden. Die Hexengeister spürten die Anwesenheit des Dämons, als der Junge eintrat. Erfüllt von Hass und Schrecken drückten sie Ally mit einer enormen Kraft aus dem Haus. Für den Jungen war es, als würden ihn unsichtbare Hände herausdrücken. Nicht einmal eine Minute nachdem er das Haus betreten hatte, befand er sich wieder am Eingangsbereich.

Ann-Mary fühlte sich wie Ally. Sie trug eine dunkle, böse Seite in sich, einen Dämonen. Sie fühlte sich von einer unerklärlichen Kraft aus dem Vereinshaus gedrückt. Bloß waren es nicht die

Hexengeister, sondern ihr Inneres, das sie hinausdrückte.

Während sie Aktionen gegen kommentierende Bürger und Bürgerinnen plante, hatte sie sich selbst einen Kommentartisten unterstützen erlebt, indem sie über seine Kommentare gelacht hatte. Sie kommentierte nicht, doch was sie tat, war in ihren Augen noch viel schlimmer. Denn sie wusste, dass es korrekt war. Es war nicht korrekt, ihren Vater und seine Art zu unterstützen. In ihren Augen war sie eine Verräterin ihrer eigenen Sache gegenüber. Sie befand sich in einer Zwickmühle. Ihr Vater oder die Sache, hinter der sie stand. Wenn sie es nicht einmal auf die Reihe bekam, ihren eigenen Vater zum Umdenken zu bewegen, wie sollte es ihr dann bei so vielen anderen gelingen? Anderseits dachte sie unentwegt an ihren Ex-Partner. Daran, wie er ihr das Leben zur Hölle gemacht hatte. Daran, wie er ihr das Selbstbewusstsein und das Selbstwertgefühl genommen hatte. Sie dachte an das Gefühl der Hilflosigkeit von damals und wie hilflos sich zehntausende andere Opfer fühlen mussten. Vielleicht bliebe das Leid zehntausender erspart, sofern das Gesetz zur Kriminalisierung feindlicher und verletzender Kommentare durchgesetzt werden würde. Vielleicht würde es die Täter abschrecken. Vielleicht würde es ihren Vater abschrecken, so dachte Ann-Mary.

10 Irreparabel

Eine halbe Ewigkeit war verstrichen, ehe sich Ann-Mary dazu überwunden hatte, professionelle Hilfe in Anspruch zu nehmen. Mit zittrigen Fingern hatte sie die Zahlenfolge in das Handy getippt und den grünen Telefonbutton betätigt. Fünf Anläufe hatte es gebraucht, bis eine gespielt-freundliche, helle Stimme den Hörer abgenommen hatte.

Der innere Konflikt brachte Ann-Marys Seelenfrieden zunehmend ins Wanken. Sie fühlte sich wie ein unvollständiges Puzzle – in ihr fehlten Teile.

Nun saß sie im Wartebereich und blätterte in den Seiten eines umherliegenden Gesundheitsmagazins, ohne wirklich darin zu lesen. Eine beklemmende Schwere lag auf ihrer Brust. Eine Tür öffnete sich und die psychosoziale Beratungskraft Frau Stock trat ein. Frau Stock sprach zunächst nicht, sondern forderte die beschämt dreinblickende Jurastudentin mit einer Armbewegung dazu, sich in den Beratungsraum zu begeben. „Guten Tag, mein Name ist Frau Stock, ich bin seit 10 Jahren in dieser Beratungsstelle tätig. Was kann ich Ihnen Gutes tun? Am Telefon meinten Sie, es handle sich um einen Konflikt zwischen Ihnen und Ihrem Vater?", begann die Beraterin das Gespräch. Ann-Mary fiel es nicht leicht die Thematik anzusprechen. Doch es tat gut, sich das Leid von der Seele zu reden. Einen Augenblick lang durchströmten die sanften, kitzeligen Gefühle des Stolzes und der Zuversicht ihren Körper. Sie hatte sich zu einem Beratungsgespräch überwunden und klammerte sich nun an die Hoffnung eine Außenstehende könne ihr den richtigen Weg weisen.

Doch die Minuten der leichten Gedanken und Gefühle verstrichen und wurden von ernüchternder Schwere, Betrübtheit und Verzweiflung abgelöst.

„Ah ja, F90.80", unterbrach Frau Stock im Flüsterton die Erzählungen ihrer Klientin. „Nun", meinte sie und setzte eine kurze Sprechpause ein, richtete die Lesebrille, blätterte in dem ICD-13 Taschenbuch und fuhr nach einer halben Ewigkeit fort.

„Ich danke Ihnen für Ihren Mut und Ihr Vertrauen zur Schilderung Ihrer Situation", ihr sachlicher, formeller Ton ließ keinerlei Emotion erkennen.

Für Frau Stock war dies bloß ein Routinegespräch, nichts Besonderes, sie war Schlimmeres gewohnt. Gewalt. Flucht. Missbrauch. Verlust. Was war dahingegen schon ein Vater-Tochter Konflikt? Vor ihr saß bloß ein Fall, ein Problem, ein Sachverhalt. Diese Haltung ließ sie Ann-Mary spüren.

„Meiner ersten Einschätzung nach zu urteilen, leidet Ihr Vater an einer mittelgradigen kommentartistischen Störung. Dabei handelt es sich um eine unheilbare, hyperkinetische Störung des Sozialverhaltens. Dem Verhalten Ihres Vaters liegt eine Schädigung des präfrontalen Kortex zu Grunde. Sein Gerechtigkeitssinn ist stark eingeschränkt. Dies wiederum erklärt das nicht Einsehen seines Fehlverhaltens bezüglich der Kommentare. Die kommentartistische Störung zeichnet sich durch den Kommentierzwang aus. Ihr Vater ist nicht in der Lage, diesem inneren Kommentierdruck standzuhalten. Durch die Beeinträchtigung des Gerechtigkeitssinnes erkennt Ihr Vater sein Verhalten weder als schädlich, noch als verletzend an. Die fehlende Krankheitseinsicht macht eine Therapie und eine Behandlung der Störung in der Regel unmöglich", erklärte Frau Stock. Sie sah sich selbst als lebendes Sachbuch.

Ann-Mary lauschte gebannt. Sie hatte nie zuvor von der Existenz einer solchen Störung gewusst.

Das Verhalten ihres Vaters machte mit einem Mal Sinn. Doch machten die Erklärungen die Verletzungen und Schuldgefühle wett?

„Und wie soll ich damit nun umgehen?". Die Gewissensbisse plagten sie nun nur noch mehr. Schließlich setzte sie sich im „Antikom Klub" für die Verurteilung von psychisch gestörten Menschen ein, die nicht im Geringsten etwas für ihr Schicksal konnten und ihr Fehlverhalten störungsbedingt nicht als solches erkannten.

„Das durch die Störung geprägte Lebenskonzept Ihres Vaters stimmt nicht mit Ihrem überein. Sie setzen sich gegen jene krankheitsbedingten Eigenschaften ein. Gleichzeitig lieben Sie Ihren Vater", fasste Frau Stock die prekäre Situation zusammen. „Ich sehe bei Ihnen ein stark ausgeprägtes Loyalitätsproblem. Nun, ich wünschte, ich könnte Ihnen eine zufriedenstellende Lösungsmöglichkeit nennen. Doch für manche Probleme gibt es keine Lösung, so wie es auf manch eine Frage keine Antwort gibt. Sie können nur lernen, mit dem zu leben was ist. Frau Meyer, Sie müssen Ihren Vater außerhalb seiner Störung betrachten. Das Verhalten Ihres Vaters ist störungsbedingt, er kann nichts dafür. So schwer es auch klingen mag, Sie können diese krankhafte Seite an ihm nicht ändern. Entweder Sie lernen, den Ist-Zustand zu akzeptieren, oder sie distanzieren sich von Ihrem Vater", mit diesen Worten entließ Frau Stock Ann-Mary aus der Beratung. Die 45 Minuten waren abgelaufen, die nächste Problemstellung war an der Reihe. Ernüchtert von der Erkenntnis, dass es für ihren inneren Konflikt offenbar keine eindeutige Lösung gab, verließ sie das Beratungszentrum. Vielleicht wäre es ihr gelungen sich von den störungsbedingten Handlungen ihres Vaters zu distanzieren, wäre da nicht die eigene schmerzhafte Erfahrung gewesen. Die Erfahrung mit einem Kommentartisten in einer Beziehung gewesen zu sein.

11 Dionaea muscipula

Drei Jahre zuvor

Ann-Mary saß reglos am Esstisch. Sie starrte ins Leere. Ihr kommentartistischer Partner saß ihr gegenüber. Während ihres Ausland-Jahres in den USA hatte sich das Paar in einer lokalen Bar kennengelernt. Er sah in ihr einen Zirkusaffen, der bloß zur Belustigung des Publikums existierte. Für ihn war sie nicht mehr als ein Objekt, ein Mittel zum Zweck. Für sie war er der Amor gewesen. Mit der Zeit war sein aggressives Verhalten eskaliert. Tony schlug oft mit geballter Faust auf den Tisch oder gegen die Wand. Nur damit Ann-Mary erschrak und er seinen Standard-Lieblingskommentar von sich geben konnte. „Du verhältst dich wie eine Mimose", ein höhnisches Lachen war steter Begleiter seiner verletzenden Worte. Er liebte es, Menschen mit Pflanzen zu vergleichen - Tony studierte Botanik. „Schließ deinen Mund wenn du lächelst, Dionaea muscipula", er hatte viele Kommentare in Petto. Die Venusfliegenfalle, im Fachjargon trug sie den Namen Dionaea muscipula, war eine fleischfressende Pflanze dessen „Zähne" Tony wohl an Ann-Mary's erinnerten. Wenngleich er nie gewalttätig ihr gegenüber geworden war, so begann sie ihn mit der Zeit dennoch zu fürchten. Sie sah ihn als weitaus schlimmere Version ihres Vaters an, ein Mann der es ebenfalls liebte Unschuldige zu kommentieren. Joe-Gee war einmal zu Besuch da gewesen. „Ein netter Kerl", hatte er angemerkt. Und wenn er nicht gerade aggressiv war oder Menschen hemmungslos kommentierte, dann war er das auch. Nur dass dies nach 7 Monaten der Beziehung so gut wie nie mehr vorkam. Der Mann, in den sie sich verliebt hatte, war ein anderer gewesen. Oder vielleicht hatte er nie existiert, sondern hatte sich anfangs bloß von seiner besten Seite präsentiert und verstellt. Nun machte er sich nicht mehr die Mühe sein dunkles Gesicht zu verstecken.

Er kreuzte oft mit einer blutigen Nase und geschwollenen Augen zu Hause auf - Ann-Mary und Tony teilten sich eine Wohnung. Er handelte sich wegen seines

Kommentierverhaltens oft Ärger ein. „Ich werde versuchen damit aufzuhören. Ich werde aufhören, Streit zu provozieren", versprach er allzu oft. Die leeren Worte verließen meist dann seinen Mund, wenn Tony entweder verprügelt im Krankenhaus lag oder Ann-Mary ihm mit der Trennung drohte. Doch insgeheim hatte Tony nie einen Gedanken daran verschwendet, die Kommentare unausgesprochen zu lassen.

Kommentartisten taten sich schwer in ihrer Impulskontrolle. Die Kommentare verließen unkontrolliert ihr Gesprächsorgan. Tony besaß kein Schuldbewusstsein. Er wusste nicht, weshalb sein Verhalten bei anderen aneckte und weshalb viele seiner Freunde ihn mieden. Schließlich störte es ihn nicht, wenn er selbst kommentiert wurde. Ann-Marys Freundinnen fielen Tonys Kommentaren ebenfalls zum Opfer.

Er bezeichnete sie als fett und kommentierte ihr Essverhalten. „Na, mal wieder einen oversized Burger? Du siehst aus wie eine Crassulaceae, ein

Dickblattgewächs, aber von der dicksten Sorte!".

Und so verloren sich Ann-Mary's Freundschaften. Tony war Ann-Mary's übler Nachgeschmack.

„Und du bist jetzt eine Lunaria annua. Möchtest du etwa nach drei Wochen vergehen?", fragte er, nachdem Ann-Mary die Kommentare über ihr Essverhalten und ihren Körper nicht mehr ertragen konnte und sich eine Woche lang nur von einem Salat ernährt hatte. Es war der Moment, in dem sie realisierte, dass man es ihm nie recht machen konnte. Seine Kommentare würden niemals enden. Und so entschied sie, dass die Beziehung ein Ende finden musste, sobald das Auslandsjahr in drei Wochen vorbei war.

12 Persönlichkeitsgestörte Serienmörder, depressive Attentäter und schizophrene Folterer

Nach seiner ersten Therapiestunde brauste ein Sturm der Gefühle in Joe-Gee's Innerem. War es wirklich möglich, dass er unter einer psychischen Störung litt? Er? Sein Wissen über mentale Erkrankungen beruhte auf dem, was er aus Horrorfilmen und Psychothrillern vernommen hatte. Persönlichkeitsgestörte Serienmörder, depressive Attentäter, schizophrene Folterer - mit all dem konnte er sich nicht identifizieren.

Im Grunde hatte er die Sitzung nur wahrgenommen, um sich die Bestätigung zu holen, dass ein Irrtum vorlag und es bei ihm keine psychische Störung zu diagnostizieren gab. Er war felsenfest davon überzeugt gewesen, dass alles mit ihm in Ordnung sei. Doch dieser Felsen bröckelte, je länger und intensiver er über die Worte der Therapeutin sinnierte. Vielleicht hatte diese Waldschrat-Gorlem nicht mehr alle Nadeln an der Tanne, doch was war, wenn er wirklich unter einer Störung litt. Einer unheilbaren und schwer therapierbaren Störung des Geistes.

Sollte er es wagen zur nächsten Therapiestunde zu erscheinen?

Er hatte ganz und gar keine Lust auf den Psychokram. Doch dann, als wolle das Schicksal ihm ein Zeichen geben, pochte und schmerzte sein Herz aus dem nichts. Es schmerzte und raste stärker als jemals zuvor. Und das, obwohl er nun seit Wochen die Herztabletten nahm. Er krümmte sich vor Schmerzen auf dem Boden des Therapieparkplatzes. Es war, als drücke ihn eine unsichtbare Kraft nieder. Schließlich fing sich sein Herz wieder und er richtete sich auf. Joe-Gee wollte nicht an einem Herzinfarkt verenden. Der Kommentartist wischte sich mit dem Handrücken den Angstschweiß von der Stirn.

Vielleicht war die Therapie die einzige Möglichkeit, die Herzbeschwerden in den Griff zu bekommen. Das nächste Mal würde er wiederkommen. Doch die

Fragen ‚Wie soll ich mich ändern?' und ‚Will ich mich überhaupt ändern?' schwirrten in seinem Kopf. Wer oder was war Er, wenn das was er stets als Großteil seiner Persönlichkeit betrachtete wegfallen würde: seine Kommentare?

13 Flugmodus

Ann-Mary streckte ihren versteiften Körper. Die Wolldecke umhüllte sie, doch sie spürte das Gefühl der Wärme nicht - in ihr war es kalt. Sie öffnete die brennenden Augen und kniff sie wieder zusammen, als sie das grelle Licht ihres Handys blendete. Die Uhr zeigte fünf vor zwölf. Es war mittags, sie blieb liegen. Ihr völlig abgedunkeltes Schlafzimmer trennte sie von dem Rest der Welt. Es war ihr ein sicherer Rückzugsort.

Ann-Mary schaltete den Flugmodus aus - fünf verpasste Anrufe und drei Nachrichten von Lexi. Die Freundinnen hatten sich zu einem Vormittagskaffee verabredet. Doch Ann-Mary wagte es nicht, ihrer Freundin unter die Augen zu treten. Das Einzige, was sie sah, wenn sie in Lexi's Augen blickte, war ihr eigener Verrat. Sie würde nicht Lexi vor sich sehen, sondern den AntiCom-Klub und tausende Betroffene, die Opfer der Kommentare wurden. Das gestrige Beratungsgespräch hatte sie in einen dichten Nebel gehüllt, der weiter in ihrem

Kopf gedieh. Sie konnte sich nicht einmal mehr daran erinnern, wie sie nach Hause gekommen war. Ann-Mary machte keine Anstalten ihrer Freundin zu antworten oder sich zu erklären. Lexi würde den Kontakt zu ihr abbrechen, wenn sie erfuhr dass ihr Vater ein Kommentartist war und sie ihn wegen der Diagnose sogar noch verteidigte.

Sie wollte nicht, dass Lexi sich so verraten fühlen musste, wie sie sich fühlen würde.

Nein, er hatte sie nie kommentiert. Genau deshalb fühlte sie sich Lexi gegenüber so schuldig. Denn Joe-Gee würde niemanden verschonen außer sie, nicht einmal die Freundin seiner Tochter.

Es war das Gleiche, als wenn jemand, der Ann-Mary sehr nahe stand, mit ihrem kommentartistischen Ex-Partner eine Beziehung eingehen und ihn lieben würde, in dem genauen Wissen , was er Ann-Mary angetan hatte. Sie malte sich aus, wie es sich anfühlen musste. Es würde ihr den Boden unter den Füßen wegreißen. Sie würde sich nicht ernst genommen fühlen.

Als täte ihr Leid nichts zu Sache. Kurzum würde es sie innerlich wie ein Virus zerfressen. „Was ist los", Lexi's Textnachricht ploppte auf. Sie hatte offenbar gemerkt, dass etwas nicht stimmte. Doch Ann-Mary konnte ihrer Freundin nicht die Wahrheit sagen. Denn dann würde sie Lexi verlieren. Somit schwieg sie.

14 Edgar

Die kommentartistische Störung beruht zwar auf der genetisch bedingten Schädigung des präfrontalen Kortex, jedoch können soziale Faktoren die Verstärkung der Symptome begünstigen. Beispielsweise kann der Kontakt zu anderen aktiv praktizierenden Kommentartisten zu verschlimmerten Kommentierzuständen führen.

Kommentartisten vernetzen sich üblicherweise untereinander und bestärken sich in ihrem Handeln.

Joe-Gee pflegte regelmäßigen Kontakt zu Edgar, einem Kommentartisten der schlimmsten Sorte. Die Störung verband sie miteinander. Mit einem „Ha, da hast du mal wieder direkt ins Schwarze getroffen", oder einem Schulterklopfen bestärken sich die Freunde in ihrer Störung. Zu Edgar fühlte er sich hingezogen. Bei Edgar fühlte er sich gesehen und wertgeschätzt. Zwar zählten zu Joe-Gees Freundesgruppe auch nicht-kommentartistische Freunde, jedoch fühlte er sich in Edgars Anwesenheit wohler als in derer von Menschen, die ihn schräg und beschämt anglotzten, sobald er einen Kommentar riss.

Edgar, ein breit geschultertes Muskelpaket mit tiefer Stimme und langem, schwarzen Bart war Joe-Gees engster Freund.

Joe-Gee vergötterte ihn - er würde eine 10-stündige Zugfahrt in Kauf nehmen, nur um mit seinem Freund und Vorbild Zeit zu verbringen.

Ihm gegenüber fühlte sich Joe-Gee wie ein kleiner, 8-jähriger Junge und Edgar, er war der große, starke Weihnachtsmann.

Am liebsten trafen sich die beiden in der Stadt, um auf gemeinsame Kommentiertour zu gehen.

Am gegenwärtigen Tag hatten sich die Freunde wieder getroffen. Am Bahnhofsviertel, dort wo die Obdachlosen schliefen und die Drogenabhängigen ihre Substanzen konsumierten. Es war Edgars Lieblingsort, um Menschen zu kommentieren.

„Sie riechen ja wie ein Zoo", rief Edgar einer Obdachlosen zu. Die Frau ging nicht auf seine Bemerkung ein, sie schüttelte bloß den Kopf. „Antworten Sie. Oder halten sie sich für etwas Besseres", schrie er und stieß mit dem Fuß gegen eine Laterne. „Lass weitergehen", meinte Joe-Gee. Ihn reizte es weniger, die abgrundtief Gefallenen zu kommentieren. Er bevorzugte die Normalos als Opfer. Sie näherten sich gerade dem Stadtzentrum, da begann Joe-Gees Herz erneut zu stechen. „Was ist mit dir? Bist du gestört oder so?", witzelte Edgar nachdem Joe-Gee sich auf Grund der Schmerzen auf den Boden gekniet hatte. „Mein Herz macht Probleme", gestand Joe-Gee nach Luft ringend als er wieder auf die Beine fand. „Du siehst aus wie damals mein Opa, zwei Wochen vor seinem Tod", kommentierte Edgar lachend. Joe-Gee verletzten weder das Lachen noch die Worte, doch die Anmerkung gab ihm nun wirklich zu denken. „Stell dir vor wir könnten nie wieder zusammen rumpöbeln. Was würde ich ohne dich machen", scherzte Edgar weiter. „Ja, das wäre schlimm", Joe-Gee meinte es ernst.

Er hatte lange daran gezweifelt, ob er dem zweiten Therapietermin wirklich eine Chance geben sollte. Doch nun war ihm die Erkenntnis zum zweiten Mal gekommen. Wollte er sein Herz und Leben retten, so musste er sein Problem in den Griff bekommen, was auch immer dieses war.

„Na, Hallo Herr Meyer, ich dachte schon Sie kommen nicht", Frau Gorlem schmunzelte, als sie Joe-Gee im Wartebereich der Psychtherapiepraxis sitzen sah. „Nun, ich habe mich nach einigen Überlegungen für eine zweite Sitzung entschieden. Obwohl ich mir zunächst unsicher gewesen bin", gestand Joe-Gee. Die Therapeutin bat ihn, den Behandlungsraum zu betreten. „Wissen Sie, Ihre ungezwungene Art gefällt mir. Sie setzen nicht diese fälschliche Freundlichkeit auf, wie ich es von Ärzten kenne", Frau Gorlem ließ sich ihr Erstaunen darüber, dass nette Worte den Mund des Kommentartisten verließen nicht anmerken. „Falschheit hat in einer Therapie nichts verloren", antwortete sie. „Zunächst einmal würde ich gerne von Ihnen wissen, was Sie dazu bewegt hat diese zweite Therapiestunde wahrzunehmen und Ihre wertvolle Zeit dafür zu opfern", begann sie das Therapiegespräch nachdem Joe-Gee Platz genommen hatte.

„Zwei heftige Herzattacken und die Angst zu sterben haben mich hergeführt", Frau Gorlem schwieg. Ihr Schweigen kitzelte die restlichen Worte aus ihm hervor. „Und ich habe über Ihre Worte nachgedacht. Ich möchte mit meinem Verhalten nicht anecken und erkenne, dass ich möglicherweise ein Problem habe, dass ich selbst nicht erkenne. Die Dinge, die Sie über meine Situation wussten - das ständige Nachdenken, die Wut, die Unruhe, das Anecken - ehe ich Ihnen solche Dinge überhaupt anvertraut habe, gaben mir zu denken. „Nun, die Erkenntnis ist ein Fortschritt. Fangen wir also nun mit der Therapie an . Normalerweise findet vor Therapiebeginn ein dreistündiges Diagnoseverfahren statt. Dieses dient zur Sicherstellung der Diagnose. Da ich aber sicher bin, dass Sie dazu wenig Motivation aufwenden können und wir weitaus wichtigere Dinge zu bereden haben, werden wir diesen Teil überspringen.

Lassen Sie uns mit einer grundlegenden Fragestellung beginnen: Wer sind Sie?".

Joe-Gee kicherte - er war Joe-Gee. Joe-Gee war er. „Nehmen Sie bitte einen Zettel und einen Stift und erstellen Sie eine Mindmap zum Thema: „Was macht Sie aus““, Frau Gorlem meinte es ernst und Joe-Gee starrte zunächst perplex auf sie und auf das leere Blatt Papier, das sie ihm entgegen streckte. „Das ist ja wie in der Schule“, entfuhr es ihm. Doch sie drückte ihm nur Zettel und Stift in die Hand. „Und Sie sind schlimmer als mein schlimmster Lehrerinnenalbtraum, diese Mathelehrerin, Frau Grauwartz hieß sie“, fügte er mit abwertendem Tonfall hinzu.

Doch dann fing er widerwillig an nachzudenken…

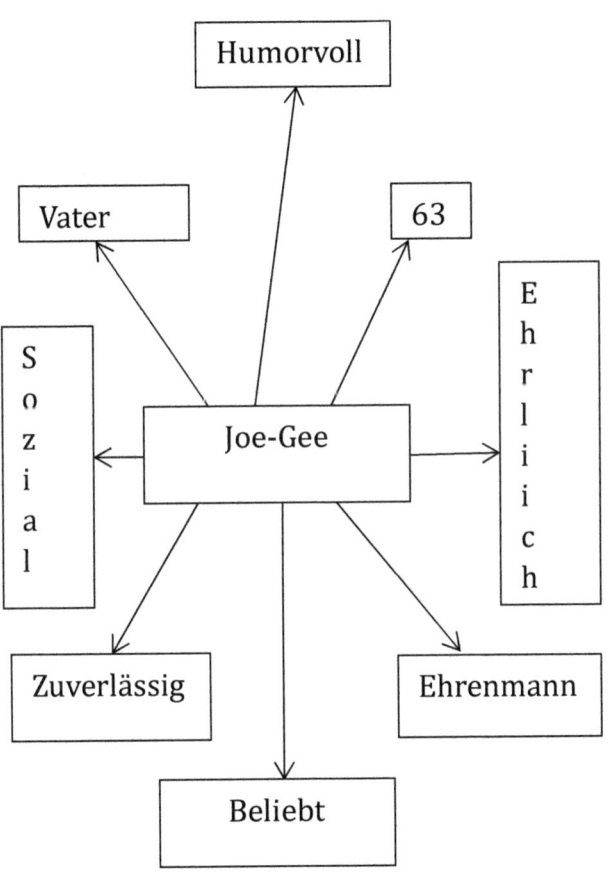

17 Toller als der tollste Hecht

Die Therapeutin staunte nicht schlecht, als Joe-Gee ihr den Zettel in die Hand gab. Sie zog die Mundwinkel runter und tat so, als wäre sie schwer beeindruckt. „Sie denken also, Sie sind der tollste Hecht", fragte sie provokant und warf ihm stechende Blicke zu. „Nun ja", Joe-Gee blickte seine Therapeutin verwundert an. „Beliebt", schrie sie auf und lachte. „Ehrenmann, Ehrenmann", sie betonte dabei das ‚Ehre' beim Sprechen und schüttelte den Kopf. „Was haben Sie denn Frau Therapeutin", fragte Joe-Gee verunsichert. „Jemand der andere mit seinen Worten runtermacht und unentwegt kommentiert, kann wohl kaum beliebt sein". Joe-Gee dachte an die Situation im Büro. Dass alle ihn mieden und wie seine Arbeitskollegin sogar gekündigt hatte, da sie seine Persönlichkeit nicht mehr ertragen konnte oder genauer gesagt, seine Kommentare. Er wusste nicht weshalb es so war. Ihm selbst machte es nichts aus, wenn jemand ihn kommentierte. Deshalb konnte er es auch nicht verstehen, dass es andere störte, wenn man sie kommentierte. „Nun gut, vielleicht bin ich in manchen Bereichen meines Lebens nicht der Beliebteste. Aber ich habe einen großen Freundeskreis und da bin ich sehr beliebt", sprach Joe-Gee schließlich. Die Therapeutin nickte in sich gekehrt. „Und wieso sind Sie, laut Ihren eigenen Angaben, ein Ehrenmann?", interessierte es die Therapeutin brennend. Diesmal war es wahrhaftiges Interesse. „Ich engagiere mich in vielen Bereichen des Lebens. Ich spende für den Tierschutzverein, für die Menschenrechtsorganisation, lebe vegan, nehme an Demonstrationen teil, zu Themen, die mir am Herzen liegen. Ich unterstütze meine Familie, ich stehe zu meinem Wort und breche keine Versprechen", erläuterte Joe-Gee und fühlte dabei einen Stolz in seiner Seele. Die Therapeutin schwieg einen Moment , um sich über seine Worte Gedanken zu machen. Sie starrte in die Luft. Es war still. Nur das Ticken der Uhr war zu Ende. „Sie sind ein korrekter Mann", sagte sie schließlich nach einer gefühlten Ewigkeit und schenkte Joe-Gee ein zaghaftes Lächeln. „Sie sind sich über Teilbereiche der Recht und Unrechtthematik im Klaren. Sonst würden Sie sich kaum engagieren. Das gestaltet die Therapie wesentlich einfacher. Doch Sie sind kein Ehrenmann. Wissen Sie wieso? Weil Sie Ihre Mitmenschen mit Ihren Worten verletzen. Auch wenn es Sie selbst nicht verletzt, wenn andere über Sie kommentieren." „Nehmen Sie sich der Problematik an und werden Sie ein Ehrenmann. Werden sie ein Ehrenmann und retten Sie zudem Ihr Leben", hielt die Therapeutin Ihre Ansprache. Sie gestikulierte mit ihrem Arm und wurde von Wort zu Wort lauter. Als wäre sie eine Königin im Mittelalter und spräche die letzten Worte zu ihren Rittern, bevor die Schlacht anfing, um sie für das Kämpfen zu motivieren und in Stimmung zu bringen.

Und Joe-Gee fühlte mit einem Mal ebenfalls die Motivation, sich der Problematik anzunehmen. „Ja, ja ich will", entfuhr es ihm und eine Welle des

Enthusiasmus und der Euphorie überkam ihm.

„Super", sagte die Therapeutin. „Zu den anderen Punkten habe ich nichts zu sagen. Ich glaube Ihnen, dass sie ehrlich, sozial, humorvoll und zuverlässig sind", meinte sie. „Nun läuft die Therapie aber nicht immer nur bequem ab", sagte sie zu Joe-Gee, welcher auf dem Therapiestuhl wie ein aufgeregter Schuljunge am ersten Schultag saß. „Machen Sie mir bitte eine Mindmap zu Ihren Eigenschaften, die sie selbst an sich als negativ bezeichnen würden. Es brauchte eine Weile, bis Joe-Gee die Buchstaben auf dem Papier niedergeschrieben hatte. Er schämte sich für seine negativen Eigenschaften, doch er wollte ein Ehrenmann werden und dafür musste er das tun. Es war seine Schlacht und er wollte ein tapferer Ritter sein.

18 Mindmap die Zweite

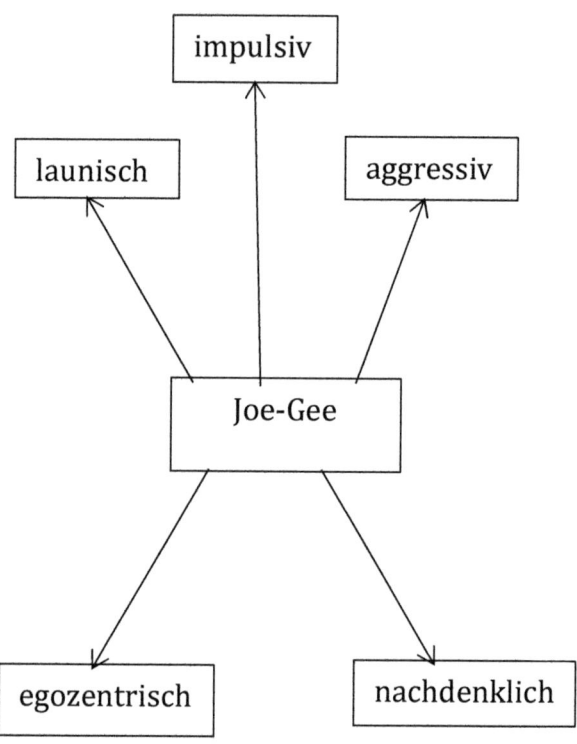

19 Fliegende Nudeln

Manchmal äußert sich der Kommentartismus durch die impulsive Lautnachahmung des Gegenübers. So war es des Öfteren am Esstisch der Familie Meyer der Fall. Am gegenwärtigen Tag befanden sich Joe-Gee und Isolde alleine im Haus. Das Abendessen stand gedeckt, eine heiße Nudelsuppe. Der Dampf des liebevoll zubereiteten Gerichtes zog an die Decke und die Wärme strahlte aus. Isolde tat ihm auf. Sie sprachen kaum mehr miteinander, seitdem Tochter Ann-Mary aus dem Haus war. Joe-Gees Kommentare wechselten sich mit „Danke" und „Bitte" oder „Wie geht's" und „gut" ab. Die Kommentare waren für Isolde kaum mehr zu ertragen. Ann-Mary hatte stets das Verhalten ihres Vaters kritisiert und ihrer Mutter beigestanden. Nun war sie fort und Isolde ließ alle Worte über sich ergehen. Sie hatte keine Energie mehr, um sich zur Wehr zu setzen und hoffte insgeheim auf das baldige Ableben ihres Mannes.

Verlassen konnte sie ihn nicht, denn sie glaubte an das Eheversprechen.

Nun saßen sie dort und schwiegen sich an. Draußen war es kühl. Für Isolde fühlte es sich im Haus genauso kühl, wenn nicht gar kühler an.

Sie pustete die Suppe, sie war noch zu heiß zum Essen.

Joe-Gee spürte indessen den steigenden, inneren Druck. Die Laute steckten in seinem Hals. Ließe er dem Kommentartismus keinen freien Lauf, so hätte er das beklemmende Gefühl zu ersticken. Der Impuls schnürte ihm die Kehle zu und ließ ihm keine Luft zum Atmen, sofern er ihm nicht nachgab. Sein Herz polterte, es schmerzte. Die Laute seiner Frau, oder besser gesagt ihr Pusten brachten ihn aus der Fassung. Es schürte seine Aggressionen. In ihm brannte ein unbändiges Feuer.

Er nahm den eigenen Löffel und pustete laut drauf los, lauter als ein normales Pusten sein konnte. Sein Pusten nahm eine solche Intensität an, dass die Nudeln quer über den Tisch flogen. Und selbst als er die gesamte Suppe vom Löffel gepustet hatte, konnte er nicht aufhören. Isolde hatte indessen aufgehört zu pusten. Sie starrte ihren Mann entgeistert an. Als sich Joe-Gee wieder gefangen hatte, aß Isolde weiter, ohne sich etwas anzumerken zu lassen. Sie schmatzte nicht, sie rülpste nicht, sie pustete nicht. Sie würdigte ihren Mann keines Blickes. „Gute Nacht", sagte sie mit lebloser Stimme und verließ den Raum, nachdem sie ihre Mahlzeit beendet hatte. Joe-Gee blieb sitzen und dachte an Frau Gorlems Worte. „Möchten Sie Ihre Liebsten verletzen?". Er besaß keinen Gerechtigkeitssinn im Hinblick auf die Kommentare, jedoch erkannte er, dass Isolde offenbar verletzt war.

Gab es noch Hoffnung für ihn? Oder war er zu alt? Was war ihm wichtiger? Zu kommentieren oder ein Ehrenmann zu sein? Doch wie sollte man etwas verändern, das so tief verankert war? Und das er nicht kontrollieren oder aufhalten konnte? Es entfuhr ihm doch einfach…

Er nahm das kleine, leere Notizbuch, das ihm seine Therapeutin gegeben hatte. Irgendeine innere Stimme sagte ihm, dass es ratsam sei, Julia Gorlems Anweisungen zu folgen. Er nahm einen Kugelschreiber und kritzelte in unsauberer, aber lesbarer Schrift   die   vorgefallene kommentartistische Situation auf das leere Blatt Papier.

20 Verräterin

Sieben Tage lang hatte sich Ann-Mary nirgends blicken lassen. Weder in der Universität noch im AntiKom-Club. Sie hatte sich weder bei ihren Freunden gemeldet, noch ihre Wohnung verlassen. Zu dem Folgetermin in der Beratungsstelle war sie nie erschienen. Der Ratschlag den Kommentartismus ihres Vaters zu ignorieren und zu sagen: „Die Kommentare sind nicht mein Vater. Mein Vater ist ein liebenswerter, emphatischer Mensch. Zuverlässig, hilfsbereit und humorvoll. Er trägt keine Schuld an seiner psychischen, unheilbaren Störung", empfand sie als schwer umsetzbar. Vielleicht war es ja so einfach. Vielleicht machte sie es sich nur selbst kompliziert. Vielleicht war nicht ihr Vater, sondern sie selbst das Problem.

Ihr Vater verletzte ihr gutes Herz, doch sie machte sich selbst zu einer Verräterin, einem schlechten Menschen - sie liebte jemand Böses.

Am gegenwärtigen Nachmittag hatte sie sich entschieden, dem Vereinstreff einen Besuch abzustatten. Nun stand sie vor der Eingangstür und fragte sich, was sie dort überhaupt tat. „Da bist du ja", Lexi, die mehrfach von ihr versetzt worden war, begrüßte sie in einem neutralen Tonfall. Ihrer beider Gesichter waren ernst. Ann-Mary fühlte sich fehl am Platz und nickte verunsichert. „Wie wäre es mit einer Entschuldigung? Ich habe eine halbe Ewigkeit gewartet und du hast dir nicht einmal die Mühe gemacht, mich zurückzurufen oder mir abzusagen", fügte sie hinzu. „Tut mir leid. Mir ging es nicht gut". Lexi schien ihr den Kummer anzumerken. Ann-Mary's rotgeweinten Augenringe sprachen eine ganz eigene Sprache „Ach halb so wild", ein sanftes Lächeln huschte über Lexis Gesicht. Einen Moment lang schwiegen beide.

„Du hast nicht viel verpasst, während du weg warst. Wir haben neue „Anti-Kommentier" Sticker erstellt und sie an die Stadtwände geklebt. „Mind your own business" und so einen Kram. Jetzt sind wir…", Lexi unterbrach ihren Satz, als sie bemerkte, wie Ann-Marys Gesicht zunehmend an Farbe verlor und eine bedenkliche Blässe annahm. „Ist alles in Ordnung bei dir? Du bist ganz blass", merkte sie stattdessen an. „Bist du sicher, dass es richtig ist, das Kommentieren anderer zu kriminalisieren?", platzte es aus Ann-Mary heraus. Einen Moment herrschte fassungslose Stille.

„Mädel, Mädel, Mädel…wer hat dir denn auf einmal ins Gehirn geschissen? Bist du dir unserer Sache ernsthaft unsicher geworden? Stehst du auf deren Seite? Wenn ja, dann kannst du gehen", Tränen stiegen in Lexis Augen. Ann-Mary schwieg. „Weißt du, was mir meine Mathelehrerin für Kommentare an den Kopf geworfen hat?", fuhr Lexi wutentbrannt fort. „Ich war wehr-und machtlos. Ab der weiterführenden Schule bin ich zu ihrer persönlichen Zielscheibe geworden. Acht Jahre musste ich Frau Spechts Kommentare ertragen. Acht Jahre hat sie meine Seele kaputt gemacht. Acht verdammte Jahre habe ich mich nicht wehren dürfen. Warum? Wegen des Rechts auf freie Meinungsäußerung. Haha, dass ich nicht lache. Aber das weißt du ja bereits. Also, wie kommt´s, dass du auf einmal so einen Stuss redest? Wer nicht Opfer oder opferloyal ist, der ist Täter oder Mittäter. Du musst dich entscheiden. Auf welcher Seite willst du stehen?", Lexi krächzte. Tränen quollen aus ihren blauen Augen. Ann-Mary war stumm geblieben. Die Worte waren an ihr abgeprallt, wie ein Auto an einer Mauer und hatten dennoch ihr Herz durchbohrt. Sie spürte keinen Schmerz, in ihr war es taub. Ann-Mary bereute die Worte, ehe sie diese gesprochen hatte. Und doch waren sie notwendig.

„Ich wollte dich nicht verletzen. Mein Vater reißt andauernd Kommentare. Sein Verhalten belastet mich schon seit der Trennung zu meinem Ex- Partner. Gleichzeitig ist er mein Vater und ich liebe ihn.

In der Hoffnung Rat und Beistand zu finden, habe ich letzte Woche eine Beratung aufgesucht. Sie hat mir erklärt, dass sowohl mein Ex-Partner als auch mein Vater unter dem sogenannten Kommentartismus, einer unheilbaren, psychischen Störung leiden. Ich fühle mich ihm gegenüber als Verräterin. Es ist, als würde ich diesen kranken, unschuldigen Mann und Vater eigenhändig hinter Gitter setzen. Sollte man Gestörte wirklich für ihre Störung bestrafen? Ich fühle mich wie eine Verräterin an meinem Vater, an dir, an der ganzen Sache und an mir selbst. Aber vielleicht sollten wir die Sache aus einem zweiten Blickwinkel betrachten. Wenn wir Kommentartisten mit Hass begegnen, werden sie uns nie und nimmer zuhören. Sie werden weitermachen. Sie werden sich denken „jetzt erst recht". Und wenn wir sie einsperren, werden sie eines Tages freikommen. Dann werden sie weitermachen. Ich möchte meinen Expartner genauso sehr hinter Gittern sehen wie du dich gegen deine ehemalige Lehrerin zur Wehr setzen möchtest. Aber vielleicht müssen wir viel globaler denken!", Ann-Mary schluckte. Die Röte stieg in das Gesicht ihrer Freundin. In ihrem Kopf schwirrten so viele Gedanken, so viel Chaos, so viele Gefühle, so viele Ansätze, so viel Leere. „Weißt du was du bist? Du bist ein täterloyales Mittäteropfer – die schlimmste Sorte Mensch. Du bist der letzte Dreck. Du fühlst dich nicht nur wie eine Verräterin, du bist eine Verräterin. Wie kannst du für ~so etwas~ bloß Liebe empfinden? Das ist krank. Du bist krank. Brich den Kontakt zu diesem Mann ab. Blockier ihn, lösch die Nummer, schreib ihm, dass du ihn nie wieder sehen willst. Wer einen Täter liebt und unterstützt, wird selbst zu einem", brüllte Lexi hasserfüllt. „Werde ich nicht", Ann-Mary schüttelte den Kopf. „Verzieh dich und tritt mir nie wieder unter die Augen. Geh doch zu deinem Papi. Zumindest kenne ich jetzt dein wahres Gesicht", Lexi wandte ihr den Rücken zu. Ann-Mary lief auf die Straße. Die frische Luft erfüllte sie, doch sie war unfähig zu atmen. Ihr Herz schmerzte. Zumindest kannten alle nun ihr wahres Gesicht.

21 Ein halbvolles Notizbuch

Frau Gorlem schluckte hörbar. Sie durchblätterte gedankenverloren das kleine Notizbuch und erblickte die vielen Male, die Joe-Gee andere kommentiert hatte. Er selbst war ebenfalls erstaunt gewesen. Es hatte sich viel angesammelt. 30 von 40 der kleinen Seiten waren innerhalb einer Woche gefüllt worden.

„Und Sie sind immer noch der festen Überzeugung, dass kein Problem in Ihrem Verhalten vorliegt?", forschte die Therapeutin provokant nach. „Nun, ich sehe ein, dass offenbar ein gewisses Problem besteht", gestand Joe-Gee nach langem Schweigen. „Doch ich kann es nicht ändern. Auch wenn meinem Verhalten eine Störung zu Grunde liegt, es ist das, was mich seit Kindheitstagen ausmacht. Es ist das, was ich nun einmal bin. Wer wäre ich ohne den Kommentartismus?", wandte er gleichzeitig ein.

„Sie sind Joe-Gee – ein baldiger Ehrenmann, der sich engagiert, zuverlässig und humorvoll ist. Steht das nicht im Kontrast zu Ihrem Kommentartismus? Ihre Kommentare verletzen Menschen - auch wenn Sie die Kommentare störungsbedingt nicht als verletzend empfinden. Sie merken die Verletzung an dem Verhalten Ihres Gegenübers. Nur weil Sie etwas nicht selbst verletzt, heißt es nicht, dass es nicht andere verletzt. Ist es nicht Ihr Prinzip und Ihr Leitgedanke andere vor Verletzungen zu schützen? Der Kommentartismus vergrault den Joe-Gee, der Sie wirklich sind. Was möchten Sie sein Joe-Gee?", Julia Gorlem lächelte auffordernd. „Ein Ehrenmann", antwortete Joe-Gee entschlossen. „Und jetzt noch einmal etwas lauter: Was möchten Sie sein?", „Ein Ehrenmann". „Und jetzt nochmal: Was sind Sie nicht, aber können es werden?". „Ein Ehrenmann". Joe-Gee sprang von dem Sessel auf. Dem energiegeladenen Körper war es unmöglich, länger in der sitzenden Position zu verweilen. Mit seinem Arm machte Joe-Gee seinen persönlichen Sieger-Move, die sogenannte Siegerfaust und fühlte mit einem Mal, die neu gewonnene Kraft in sich aufkommen. „Aber es ist unmöglich mich zu ändern, ich bin zu alt", stellte Joe-Gee mit trauriger Stimme fest. Seine Euphorie war verflogen. „Sorgen Sie sich nicht Joe-Gee. Die Störungseinsicht ist der erste Schritt auf dem Weg in ein störungsfreies Leben", nahm die Therapeutin ihm die Sorge. „Da wird sich meine Tochter aber freuen! Die meckert immer rum, dass ich zu viel kommentiere", dachte Joe-Gee laut.

Frau Gorlem war mit einem Mal bloß noch Julia - das zerbrochene, zusammengeflickte Kind, das an ihren Vater und das Leid dachte, das auch Joe-Gees Tochter nicht erspart blieb.

„Hätten Sie ein Problem damit, wenn ich Ihre Tochter kontaktiere? Aus therapeutischen Zwecken würde ich gerne mit ihr sprechen", fragte die Therapeutin nach langem Schweigen mit ernster Stimme. „Nein, machen Sie ruhig. Warte, ich gebe Ihnen Ihre Nummer. Alles, was nötig ist, um ein Ehrenmann zu werden". Nach kurzem Zögern kritzelte Joe-Gee

Ann-Marys Handynummer auf ein kleines Stück Papier.

„Nun denn, ich erkläre die heutige Therapiestunde für beendet. Sie machen große Fortschritte, Joe-Gee", lobte ihn die Therapeutin und schenkte ihm ein Lächeln. Sie war oft grob zu ihm. Doch das war es, was Joe-Gee besonders an der Gorlem schätzte, ihre Ehrlichkeit ihm gegenüber. Wenn sie ihn lobte, dann konnte er sicher sein, dass es ernst gemeint war. „Irgendwelche Hausaufgaben, Boss?", fragte Joe-Gee. „Ja, rufen Sie Ihre Tochter an und erklären Sie ihr, dass Sie aufgrund ihres Verhaltens in Therapie sind", sagte die Therapeutin. „Sie wird sich freuen, das zu hören", fügte sie mit sanfter Stimme hinzu.

22 Gedankenschleifen

Ann-Mary saß auf ihrem Bett.Ihre Gedanken waren leer, sie starrte an die weiße Wand. Die Denkprozesse wiederholen sich, sie fühlte sich in einem Hamsterrad gefangen und wusste nicht, richtig von falsch zu unterscheiden. Kommentierte Betroffene wünschten sich eine Strafe für das Fehlverhalten ihrer „Täter". Betroffene waren im Recht, Täter im Unrecht. Zehntausende hatten bereits die Petition des AntiKom-Clubs unterzeichnet, sie waren dem Aufruf zur Kriminalisierung böswilliger Kommentare gefolgt. Doch war es nicht so, dass man nur mit Liebe und Unterstützung Gutes schaffen konnte. Hass erzeugte bloß Hass. Eine Kriminalisierung würde die Therapie bei Kommentartismus regelrecht unmöglich machen. Wer sich als Kommentartist in einer kriminalisierten Welt zu einer Therapie entschied, der bekannte sich als Straftäter und musste mit Freiheit- und Geldstrafen rechnen.

Gleichzeitig hätten Betroffene keine Chance, sich zur Wehr zu setzen, wenn das Antikommentiergesetz nicht durchgesetzt werden würde. Gab es für Kommentartisten keine Ungerechtigkeit, so gab es für die Betroffenen keine Gerechtigkeit.

Ann-Mary saß zwischen den Stühlen. Sie war wie ein Boxsack, der in der Mitte zweier gegnerischer Spieler platziert war und die Schläge beider Boxer aushalten musste.

„Wir wünschen uns, es gäbe auf alles eine Antwort, eine richtige Entscheidung, eine Lösung. Doch manche Dinge sind zu kompliziert und vielschichtig, als dass es den einen richtigen Weg gibt. Sie können bloß lernen mit Ihren eigenen Gefühlen umzugehen", erinnerte Ann-Mary Frau Stocks Worte.

Das Telefon klingelte und unterbrach ihre Gedankenschleife.

23 Das Glockenspiel der Erleuchtung

Das Glockenspiel, das sie als Klingelton einprogrammiert hatte, ließ Hoffnung in ihr aufflackern. Mit müden Knochen bewegte sie sich in Richtung Schreibtisch - dort hatte sie ihr Handy abgelegt. Wer war der Anrufer? Lexi? Ihr Vater? Eine unbekannte Nummer, nicht eingespeichert, wohlmöglich Werbung, erkannte sie enttäuscht.

Doch welche Werbung klingelte so energisch lange? Welche Werbung legte nicht nach dem zweiten Tuten wieder auf? Unentschlossen griff sie zum Hörer? „Hallo?", die Verunsicherung in ihrer Stimme war deutlich hörbar.

„Einen wunderschönen guten Tag Frau Meyer! Julia Gorlem am Apparat - die Therapeutin Ihres Vaters", ein kurzes Schweigen erfüllte den Raum. Joe-Gee in Therapie? Nicht im Traum. Und selbst wenn, was würde sie von ihr wollen?

„Sind Sie eine Betrügerin? Kommen Sie jetzt mit so einer „Ihr Vater hat die Therapiekosten nicht bezahlt, ich würde

Sie bitten, das zu übernehmen?"
Nummer?", sprach Ann-Mary ihren ersten
Gedanken laut aus. Julia Gorlem lachte.
„Ihr Vater hat seine Hausaufgabe, Ihnen
von seiner Therapie zu berichten, also
noch nicht erfüllt?", wieder ein Schweigen.
„Ihr Vater ist aufgrund seines
Kommentartismus in meiner
Behandlung", klärte die kratzige Stimme
am Ende der Leitung die Situation auf.

Ann-Mary spürte ihr Herz aussetzen. Sie
hatte Sorge ohnmächtig zu werden, hielt
sich aber auf den Beinen. Joe-Gee in
Behandlung? Aufgrund seiner
kommentaristischen Störung?

„Das ist unmöglich. Für eine solche
Therapie ist Störungseinsicht notwendig.
Ich war letztens bei einer Beratung, die es
mir erklärt hat. Mein Vater und
Störungseinsicht? Das ist so
unwahrscheinlich wie eine Katze der
plötzlichen Flügel wachsen. Joe-Gee war
in seinen 63 Lebensjahren noch nie in
Therapie. Wieso sollte er es auf einmal
sein? Außerdem ist eine Therapie bei
Kommentartisten schwer", stotterte Ann-

Mary. „Bis gar unmöglich", ergänzte Frau Gorlem. „So steht es zumindest im ICD 13. Ich setze nicht viel darauf. Hören Sie mir zu", die Therapeutin legte eine dramatisch wirkende Pause ein, Ann-Mary wartete gebannt. „Ich arbeite eng mit Kommentartisten zusammen. Ich bin darauf spezialisiert. Mein Vater war selbst ein Kommentartist, er litt unter der ganz schweren Form. Nach meinem Abitur habe ich Psychologie studiert und den ICD13 auswendig gelernt. Was ich im Laufe der Jahre herausgefunden habe ist, dass die Störung zwar unheilbar ist, es aber Wege gibt, mit ihr umzugehen und sie zu therapieren.

Die Psychologie ist bekannt für ihre Verallgemeinerungen. Meiner Ansicht nach gibt es immer ein Schicksal oder eine Erkrankung und dann gibt es die Art und Weise, wie das Individuum damit umgeht. Das Leben besteht aus Entscheidungen und diese sind auch trotz unheilbarer Störungen möglich. Dein Vater hat sich trotz der geringen Erfolgsaussichten zu einer Therapie entschieden. Er möchte ein

Ehrenmann werden", Tränen tropften Ann-Marys Wangen hinunter - Tränen des Glückes. Mit einem Mal sprudelte es aus ihr heraus. Sie fühlte sich verstanden. „In der Beratung hat man mir geraten, mich von dem Kommentierverhalten meines Vaters abzugrenzen. Ich solle den Kommentartismus von seiner guten Seiten separieren und mich emotional distanzieren. Aber ich kann nicht, ich habe versagt, es ist unmöglich. Mein Expartner war ein Kommentartist. Seine Wutausbrüche, die Art, wie er mich behandelt hat, wie er mich, mein Essverhalten, meine Freunde, mein ganzes Sein kommentiert hat. Wie er mich gedemütigt hat, wie er meinen Selbstwert zerbrochen hat, als wäre es ein Stück Glas. Es hat mich geprägt. Früher da haben mir Joe-Gees Kommentare nichts ausgemacht. Doch seit ich mich von meinem Ex-Partner getrennt habe, ist alles anders. Alle seine Kommentare anderen Gegenüber fühlen sich wie Stiche von hinten ins Herz an", Ann-Mary erzählte ihr von dem Verrat, dem AntiKom-Club und Lexi. „Dass sich hinter dem Verhalten meines

Vaters und Ex-Partners eine psychische Störung verbirgt, habe ich erst kürzlich herausgefunden", fügte sie mit einem entschuldigenden Unterton hinzu. Julia Gorlem hatte sich während ihrer Erzählungen hörbar Notizen gemacht und sie aussprechen lassen. „Erst einmal danke ich dir für deinen ausführlichen Bericht, deine Ehrlichkeit und dein Vertrauen. Zunächst einmal möchte ich, dass du weißt, dass deine Reaktionen verständlich und menschlich sind.

Ich wusste nicht, dass es einen Verein gibt, der sich für die Kriminalisierung von Kommentaren einsetzt. Aber ich kann dir sagen: Hätte es das zu meinen Jugendzeiten gegeben, wäre ich sofort mit dabei gewesen. Du bist nicht allein. Die Psychologie empfiehlt Angehörigen zu lernen, mit dem Verhalten der kommentartistischen Angehörigen umzugehen, ihnen die bestmögliche Unterstützung zu gewähren und sich selbst beizubringen, dass der Mensch nichts für seine psychische Störung kann.

Doch die Psychologie ist eine empirische Wissenschaft, sie betrachtet die Dinge rein rational. Therapeuten und Therapeutinnen wenden diese rationale Vorgehens-und Sichtweise leider allzu oft in ihrem Beruf an. Was sie dabei vergessen ist, dass der Angehörige ein Mensch ist. Und Menschen denken, fühlen und handeln nicht rational. Wir werden von unseren Gefühlen gelenkt. Wir sind nicht bloß Angehörige, wir sind Individuen mit eigenen Erfahrungen, einem Wertesystem, Gefühlen und es verletzt uns, was unsere Liebsten tun. Der Mensch ist menschlich, die Psychologie nur eine Wissenschaft. Jedoch haben wir die Möglichkeit, die Erkenntnisse der Psychologie für unser eigenes mentales Wohlbefinden zu nutzen. Das Ziel ist eine innere Kongruenz zu schaffen. Manchmal ist es wichtig die Hintergründe für das Handeln seiner Liebsten verstehen. Du weißt zwar, dass der Kommentartismus eine psychische Störung ist, aber weißt du auch, was genau das auf neuropsychologischer Ebene bedeutet?", Gorlem schien das Kopfschütteln auf der

anderen Seite zu erhören und fuhr fort.
„In unserem Gehirn gibt es einen Bereich der für unseren Gerechtigkeitssinn zuständig ist - der sogenannte präfrontale Cortex. Bei einem gesunden Menschen entwickelt sich das Urgerechtigkeits-Streben mit Anfang des zweiten Lebensjahres.

Bei Kommentartisten kommt es zu einer Fehlfunktion dieses Hirnareals. Gerechtigkeit und Ungerechtigkeit können zwar wahrgenommen werden, jedoch nur in gewissen Bereichen. Das Kommentieren Fremder und Vertrauter ist davon ausgeschlossen. Dein Vater besitzt keinerlei Gerechtigkeitsgefühl oder Ungerechtigkeitsgefühl, wenn es um das Kommentierenverhalten geht. Er kann nicht verstehen, weshalb sich andere durch seine Kommentare verletzt fühlen - er selbst fühlt sich ebenfalls nicht verletzt, wenn ihn jemand kommentieren würde. Das macht sein Handeln nicht weniger verwerflich. Doch es kann dir dabei helfen zu verstehen, warum dein Vater handelt, wie er handelt. Dein Vater hat trotz fehlendem Gerechtigkeitssinn erkannt, dass sein Verhalten verletzend ist. Und das, obwohl er nicht versteht warum. Er erkennt es an dem Verhalten anderer.

Kommen wir zu Ihnen. Es ist kein Verbrechen jemanden zu lieben, selbst wenn dieser jemand unmoralisch und falsch handelt. Wir suchen uns nicht aus, wen wir lieben und die Liebe zu deinem Vater ist so tief verankert wie sein Kommentartismus. Ich stimme für deinen Ansatz, präventive Maßnahmen zu ergreifen, um eine kommentartistische Störung früh genug zu erkennen - je früher die Diagnose, desto besser die Behandlungschance.

Gleichzeitig sehe ich den Aspekt deiner Freundin Lexi. Die fehlende Gerechtigkeit. Wie wäre es damit? Statt der Freiheits-oder Geldstrafe wird eine Therapieverpflichtung und eine einstweilige Verfügung veranlasst, sofern jemand betroffenes Anzeige erstattet. Sollte sich der Kommentartist der Therapie verweigern, sollte eine Freiheitsstrafe in Form eines geschlossenen Psychiatrieaufenthalts in Betracht gezogen werden. Das wäre doch mal ein Ansatz, nicht wahr?", Ann-Mary ging ein Licht auf. Das war in der Tat eine gute Idee. „Falls Sie Hilfe bei der Umsetzung benötigen, melden Sie sich gerne". „Eine Frage noch", platzte es aus Ann-Mary heraus. Im Eifer des Gefechtes vergaß sie, sich bei Frau Gorlem zu bedanken. „Wieso hat mein Vater mich nie kommentiert?". „Manche Dinge lassen sich nur durch tiefe Liebe erklären".

Ein Tuten, dann war es still. In ihrer Wohnung, in ihrem Zimmer, in ihrem Kopf.

24 Frankreich

Sie war keine Verräterin!Sie war bloß eine Tochter, die ihren Vater liebte. Und ihr Vater liebte sie. Sie dürfte ihn auf keinen Fall im Stich lassen. Sie würde ihm helfen, die Therapie durchzuziehen. Plötzlich wusste sie, was zu tun war, griff zum Handy und wählte die Nummer ihres Vaters. Ihre Idee: eine gemeinsame Reise, um über Geschehenes zu sprechen und Gefühle aufzuarbeiten. Sie wollte seine Sicht der Dinge verstehen und ihm gleichzeitig ihre näher bringen. Dies gelang am besten auf einer Vater-Tochter Reise.

Joe-Gee freute sich über den Anruf seiner Tochter und war Feuer und Flamme.

Sofort machte er sich daran, eine Ferienwohnung in Frankreich zu buchen. Ihre Stimme hatte schon lange nicht mehr so sanft und friedlich geklungen. Es würde eine lange Autofahrt werden. Sie würden vieles besprechen. Doch zuvor hatte Joe-Gee jedoch noch eine Therapiestunde zu besuchen.

25 Ersatzhandlungen

„Joe-Gee, sind Sie noch bei mir?", fragte Julia Gorlem. Er war abgeschweift und hatte nicht mehr auf die Fragen seiner Therapeutin reagiert. „Ja, ja, keine Sorge", antwortete er. Mental saß er bereits mit seiner Tochter im Auto auf dem Weg nach Frankreich. Physisch befand er sich auf dem bequemen Therapiesessel, auf dem alles so einfach schien. „Meine Tochter möchte mit mir verreisen", prahlte Joe-Gee stolz. „Wow, das sind doch tolle Neuigkeiten", Gorlem war sichtlich erfreut. „Nun, dann müssen Sie nun umso mehr zuhören, um es sich nicht mit ihr zu verspielen", fügte sie hinzu und schenkte ihm ein motivierendes Lächeln. „Natürlich", erwiderte Joe-Gee. „Also wo sind wir stehen geblieben?", wollte er wissen. „Wir waren dabei, an Ihrem Verhalten zu arbeiten. Ich habe Ihnen gerade erklärt, dass es schwierig ist, in Ihrem Alter ein Verhalten zu ändern, das sich bereits im Kindheitsalter manifestiert hat und zu allem Überfluss zwanghaft impulsiv ist. Ich setze nicht viel auf

Medikamente, aber in Ihrem Fall werde ich ein Fluvoxamin verschreiben. Das ist ein selektiver Serotonin-Wiederaufnahme-Hemmer, auch SSRI genannt. Das Medikament lindert die Zwangssymptomatik. Dennoch ist mit der Gabe von Medikamenten nicht alles getan. Die Kommentierzwänge werden zwar abgeschwächt, aber nicht vollkommen eliminiert. Demnach brauchen Sie eine Ersatzhandlung, einen sogenannten Skill, die Sie ausführen können, sobald sie einen Kommentar in sich aufkommen spüren". „Aber es gibt keinen Ersatz", unterbrach Joe-Gee verzweifelt. „Doch, den gibt es", widersprach die erfahrene Verhaltenstherapeutin. „Sie müssen das Kommentieren nicht vollständig unterlassen", begann sie und Joe-Gee starrte sie verdutzt an. Er dachte, es wäre Ziel der Therapie, das Kommentieren vollkommen zu unterlassen. „Niemand hat etwas gegen positive Kommentare", fuhr die Therapeutin fort. „Versuchen Sie einfach, die Kommentare in eine positive Richtung zu lenken. Natürlich ist es ihr Schicksal, dass Sie andere kommentieren, aber es liegt an Ihnen, auf welcher Weise Sie das tun. Sie haben die Wahl, möchten Sie andere verletzen oder Ihnen ein Lächeln auf das Gesicht zaubern?", Joe-Gee stand auf und machte seine Siegerfaust. „Ja, ich will ein Ehrenmann sein und niemanden verletzen, sondern ein Lächeln aufs Gesicht zaubern", meinte er enthusiastisch. „Dann ändern Sie Ihre Denkweise. Überlegen Sie sich einen alternativen Kommentar, den Sie stattdessen sagen können. Auch wenn Sie selbst davon überzeugt sind, dass es nur eine Lüge ist. Manchmal wollen die Menschen nicht die Wahrheit hören, sondern die schöne, freundliche Lüge. Wenn Sie beispielsweise einen „Na, Sie sehen ja hässlich aus" Kommentar liefen wollen, sagen Sie stattdessen etwas Schönes wie „Sie haben sich ja heute hübsch gemacht". Damit befreien Sie sich von Ihrem Kommentierzwang und verletzen gleichzeitig niemanden durch Ihre Störung. Und jetzt wiederholen Sie bitte den folgenden Satz: ,Wir haben immer eine Wahl'". „Wir haben immer eine Wahl. Wir haben immer eine Wahl.

Wir haben immer eine Wahl", schrie Joe-Gee mit Leibeskräften. „Joe-Gee, wissen Sie was? Ich glaube, wir werden diesen Kampf gemeinsam gewinnen", meinte die Therapeutin stolz und zuversichtlich. „Jaaa", schrie Joe-Gee siegreich, gefolgt von der Siegerfaust. „Und jetzt genießen Sie die Zeit und den Urlaub. Wir fahren nach Ihrem Urlaub mit der Therapie fort. Der Kampf ist gewonnen, doch der Krieg ist noch lange nicht vorbei".

26 Fahranfänger

Joe-Gee und Ann-Mary saßen im Auto. Am Anfang war es still gewesen. Beide trugen eine gewisse Verunsicherung in sich. Joe-Gee und seine Tochter hatten sich dann langsam von Schweigen zu Smalltalk hochgearbeitet und redeten nun über die Arbeit. „Ich bin übrigens in Therapie", meinte Joe-Gee nebenbei und Ann-Mary antwortete bloß „Ich weiß und ich bin stolz auf dich", sie lächelte ihn an und genoss den Frieden, den sie durch die Vergebung ihres Vaters und sich selbst gegenüber gefunden hatte. Plötzlich hatte sie ein Auto überholt – auf der Rückseite des Autos war ein Schild: Fahranfänger. Und so fuhr er auch. ‚Der hat seinen Führerschein höchstens im Darknet erstanden', hätte der alte Joe kommentiert. Die Anspannung stieg in ihm. Doch er dachte an die Worte seiner Therapeutin und meinte stattdessen „Jeder fängt mal an zu fahren", und seine Tochter war darüber sichtlich erleichtert.

27 Kommentarno

Sechs Monate später im Hauptquartier der „Kommentarno", einem Verein, der sich für die kommentartistische Aufklärung, sowie dessen Teilkriminalisierung einsetzte.

„Denn nur ein Kommentartist weiß, was ein Kommentartist fühlt", Joe Gee hörte sich die letzten Worte des Bewerbungsgespräches sagen. Er hatte seinen Job als Ingenieur aufgegeben und bewarb sich nun für einen Neuanfang in dem „Kommemtarno" Verein , den seine Tochter vor ein paar Monaten gegründet hatte. Der Kommentarno engagierte sich für die Prävention und Früherkennung der kommentartistischen Störung. Er bot Workshops zu unterschiedlichen Themenbereichen und eine Beratung sowie Therapie an. Die Therapeutin von Joe-Gee hatte sich dem Verein ebenfalls angeschlossen.

Doch bisher fand der Verein nicht viel Anklang, weshalb Joe-Gee den Gedanken hatte, dass ein kommentartistischer Mitarbeiter Schwung in die Sache bringen würde. Natürlich hatte er den Platz im

Verein sicher. Er schlug vor, ein Werbevideo zu drehen, in welchem er über seine Geschichte und die Vorteile einer Therapie und Früherkennung sprach.

Und so wurde das Video in allen Medien ausgestrahlt. Es dauerte nicht lange, da kamen interessierte Kommentartisten und Angehörige. Wobei Ann-Mary sich um die Angehörigen und Joe-Gee als persönlicher Coach und seine Therapeutin als Therapeutin, um die Kommentartisten kümmerte.

-Ende-

Nachwort

Der Druck dieses Werkes geschieht im Einvernehmen mit dem Hogrefe Verlag, welcher die Nutzungsrechte für den ICD-10 besitzt. Anlässlich dieses Projektes schrieb ich am 13.06.2024:

„Sehr geehrte Damen und Herren des Hogrefe Verlags,

mein Name ist Emma Brook. Meines Wissens liegen die Urheberrechte der deutschen ICD-10 Ausgabe bei Ihnen. Demnach wende ich mich mit meinem Anliegen an Sie. Ich bin eine 21 Jahre junge Hobbyautorin - nähere Angaben zu meiner Person finden Sie in meinem Lebenslauf (s. Anhang). Mein neustes, noch unveröffentlichtes Projekt thematisiert den Umgang mit psychischen Störungen in unserer Gesellschaft. Wie der Titel meines Komödien-Dramas „Der Kommentartist" bereits andeutet, handelt es sich bei der in dem Werk genannten Störung nicht um eine real existierende Erkrankung. Der „Kommentarismus", eine von mir frei erfundene psychische

Störung, dient lediglich dazu gesellschaftliche Missstände anzusprechen - auf ernsthafte und gleichzeitig humorvolle Weise. Eines meiner Kapitel, so ist es geplant, beinhaltet die Klassifikation des Kommentarismus als psychische Störung nach dem ICD-10. Eine PDF-Datei des Kapitels finden Sie ebenfalls im Anhang. Da das Hinzufügen von ICD-10 Codes ohne Zustimmung des Urhebers rechtlich untersagt ist, richte ich mich nun an Sie. Wären Sie damit einverstanden, dass ich aus künstlerischen Zwecken einen ICD-Code in meinem Projekt verwende, der nicht existiert? Selbstverständlich würde ich im Vorwort erwähnen, dass es sich bei dem Kommentarismus um keine real existierende psychische Störung handelt, die somit nicht im ICD verzeichnet ist. Dieses Vorwort können Sie ebenfalls im Anhang einsehen.

Ich würde mich sehr über eine Antwort freuen und danke Ihnen bereits im Voraus für Ihre Mühe und Ihre Zeit.

Herzliche Grüße von Emma Götze."

Darauf folgte folgende Antwort:

„Sehr geehrte Frau Goetze,

die Urheberrechte für die ICD-10 Klassifikation liegen bei der WHO (Genf), wir haben als publizierender Verlag die Nutzungsrechte für die deutsche Übersetzung der Klassifikation (Kapitel V) erhalten. Im Normalfall würde ich Sie daher direkt an die WHO verweisen.

Allerdings haben Sie die beigefügten beispielhaften Texte ja wie beschrieben selbst gestaltet bzw. frei erfunden. Sie sind dadurch selbst die Urheberin dieser Texte. D.h. hier können weder wir von Verlagsseite, noch die WHO Ihnen ein Einverständnis geben.

Um jegliche Missverständnisse oder Verwirrung zu vermeiden, würde ich an sichtbarer Stelle (z.B. Vorwort) deutlich vermerken, dass diese rein fiktionalen Texte keinesfalls für einen psychotherapeutischen Kontext gedacht sind und die fiktionale psychische Störung „Kommentarismus" als psychische

Störung in der ICD-10 Klassifikation der WHO nicht aufgeführt ist.

Mit den besten Grüßen…".